KEEP ME
if you can

Die Rebellen
Band 4

Impressum:

Deutsche Erstausgabe Juni 2024

Alle Rechte am Werk liegen beim Autor

Copyright@ Jaliah J., Berlin

KEEP ME

if you can

Die Rebellen

Band 4

Lektorat: Günter Bast

Cover/Bildgestaltung: Schattmaier Design

© 2024

Herstellung und Verlag: BoD – Books on Demand, Norderstedt.

ISBN 978-3-7597-3541-6

www.jaliahj.de

Instagram: jaliahj_official

KEEP ME

if you can

Die Rebellen
Band 4

Jaliah J.

Kapitel

1

6 Monate später

Elisa

If you wanna live your life, live it all the way and don't you
waste it
Every feeling, every beat
Can be so very sweet, you gotta taste it, mmm-hmm!
You gotta do it (you gotta do it), you gotta do it your way
You gotta prove it (you gotta prove it), you gotta mean what
you say (c'mon, you know what we're here for!)
You gotta do it (do it), you gotta do it your way
You gotta prove it (prove it), you gotta mean what you say

Meine Schritte werden immer schneller, während ich den Text in meinen Gedanken laut mitsinge. Jedes Mal wenn mich meine Erinnerungen und Gedanken einholen, mit alldem, was ich seit Monaten hinter mir gelassen habe, ist das hier das, was mir am meisten hilft. Kopfhörer auf und laufen. So sehr ich Sport immer gehasst habe, so gut tut mir diese Ablenkung nun.

Gerade als ich aus dem Park um die Ecke in Richtung meiner Uni laufe, auf deren Campus ich wohne, bemerke ich Viola, die in dem Café vor der Uni sitzt. Wie immer nippt sie an ihrem Lieblingskaffee und ist in eine Decke eingemummelt. Es ist November, es wird immer kälter, selbst jetzt nach einer halben Stunde rennen spüre ich die Kälte noch in meinem Gesicht.

»Meine Sportskanone, was willst du eigentlich erreichen? Deine Figur ist doch gar nicht mehr zu toppen, jedes Mal wenn ich dich sehe, nehme ich mir vor, auch mehr Sport zu machen. Maria und Isajah sind in der Küche unschlagbar, sie haben mit den Proben für Weihnachtskekse begonnen und ich habe das Gefühl, jeden Tag ein Kilo zuzunehmen. Hier, ich soll dir welche mitbringen.«

Sie hält mir eine dunkelblaue Kiste entgegen, während ich mich zu ihr beuge und ihr einen Kuss gebe. Erst dann lasse

---

1 Songtext Let's get Loud von Jennifer Lopez

6

ich mich erschöpft neben ihr auf den Stuhl sinken. »Danke, sag nicht, dass Isajah bei seinem Einkauf etwas vergessen hat? Das Auto war am Freitag doch überfüllt.«

Nachdem Nash mich von sich gestoßen und mir klargemacht hat, dass er dieses Leben nicht für mich möchte und, wie es Männer in meinem Leben eigentlich immer tun, einfach über meinen Kopf hinweg entschieden hat, was das Beste für mich ist, habe ich noch zwei Tage gewartet. Ich dachte, dass es nur die Trauer ist, dass er seine Worte bereuen wird und wir noch einmal miteinander sprechen, doch das Gegenteil ist passiert. Es wurde schlimmer, er hat mich ignoriert. Wenn ich mit ihm sprechen wollte, hat er gesagt, er hat keine Zeit und mich mit jeder Abweisung noch tiefer verletzt. Irgendwann habe ich gespürt, dass ich unerwünscht bin.

Meinem Vater, Maria und Apollo gefällt das Leben dort, ich wollte sie nicht wieder von etwas wegziehen wegen meiner Probleme, deswegen habe ich ihnen gesagt, dass ich ein Angebot von der Uni erhalten habe, was viel besser als das Fernstudium ist. Sie haben gemerkt, dass Nash und ich nicht mehr miteinander sprechen und das war die Erklärung dafür.

Das Letzte, was ich will, ist, dass sie Nash wegen mir und dem, was zwischen uns war, anders sehen, deswegen habe ich sie in dem Glauben gelassen, es war meine Entscheidung und nicht, dass er mich nicht mehr in dem Anwesen der Rebellen haben wollte.

Luca hat mich letztlich zur Uni in die nächste Stadt gefahren. Sie liegt knapp zwei Stunden vom Anwesen der Rebellen entfernt. Isajah kommt einmal die Woche in die Stadt, um einzukaufen, er nimmt jedes Mal meinen Vater, Apollo, Maria, Viola oder Shayla mit, meistens zwei von ihnen, sodass ich sie alle wenigstens regelmäßig sehe.

Meine Familie fühlt sich noch immer sehr wohl bei den Rebellen. Apollo ist nun ein fester Bestandteil von ihnen. Das letzte Mal als er hier war, sind wir beide wie früher ins Kino gegangen. Er hat mir gesagt, dass er es vielleicht, wenn er weiter so macht, in die Spezialeinheit schafft. Er hat dabei geholfen, gleich zwei Verräter zu überführen. Mir ist alles recht, solange er so glücklich und zufrieden ist wie jetzt.

Natale und Nash haben Isajah erlaubt, das Grundstück zu erweitern. Sie haben jetzt ein riesiges Feld dazugewonnen und die Mauern erweitert. Nachdem neue Bäume und Sträucher gesetzt wurden, haben Isajah, Maria und mein Vater begonnen, sich ein Haus dort zu bauen. Nichts Großes, etwas Kleines, doch die drei wollen bei den Feldern leben und den jungen Leuten das Haus überlassen, wie sie es sagen. Sie freuen sich darauf, am Abend in ihr Haus zurückzukehren, auf der Veranda ein Glas Wein zusammen zu trinken und ein wenig Ruhe zu haben. Mein Vater hat mir am Freitag erzählt, dass die Grundmauern bereits stehen, sie haben dort ja viele helfende Hände.

Ich bin dankbar, dass sie alle so glücklich sind. Das hilft mir am meisten über meinen Schmerz hinweg.

Nur Viola und Shayla wissen, was wirklich passiert ist. Die Uni hat mich angenommen und seitdem habe ich ein Zimmer auf dem Campus, studiere, genieße wieder ein unbeschwertes Studentenleben und doch fühlt es sich nicht mehr so gut an

wie damals. Die Uni ist fantastisch, ich habe tolle Mitstuden-
ten, wir gehen am Wochenende aus, ich habe im Grunde das
alte Studentenleben, was ich immer vermisst habe, zurück.
Doch ich werde diese Wochen und Monate bei den Scaranos
und den Rebellen niemals aus mir herausbekommen, egal wie
sehr ich es zu verdrängen versuche, es hat mich verändert.

Ich weiß, dass Nash jedes Mal, wenn jemand hier war, nach
mir fragt.

Irgendwann hat er angefangen, mir Blumen zu schicken.
Viola hat mir gesagt, dass sie ihn einmal mit Natale hat sprechen hören, dass er gesagt haben soll, er hat das Gefühl, einen
großen Fehler gemacht zu haben und dass ich ihm fehle,
danach fing das mit den Blumen an.

Einmal war er sogar hier, mit Jakop. Sie wollten etwas
besorgen und er ist mich auf dem Campus besuchen gekommen. Als ich ihn bemerkt habe, ist er zu mir gekommen und
hat angefangen zu erklären, dass er nur hier ist, um zu sehen,
wie es mir geht. Das hat mich weit zurückgeworfen, allein,
ihm wieder in die Augen zu sehen. Ich habe ihn nicht mehr
angesehen und ihm wütend gesagt, er soll verschwinden, was
er auch getan hat. Er wird in meinen Augen erkannt haben,
dass ich ihn nicht mehr sehen will. Seitdem bekomme ich
immer wieder Blumen, doch er lässt mich in Ruhe.

Er hat mich verletzt.

Ich dachte, in den ersten zwei Tagen hätte ich am meisten
gelitten und gespürt, wie sehr er mir wehgetan hat, doch so
richtig habe ich es erst nach Wochen gemerkt. Einfach, weil
ich ihn nicht vergessen kann, weil das, was wir hatten, mir so

tief unter die Haut ging, dass ich es nicht einfach von mir schütteln kann, es trifft mich immer wieder und gleichzeitig macht es mich sauer. Das Einzige, was dagegen hilft, ist rennen und das tue ich.

»Jakop musste zwei Jeeps zur Werkstatt bringen und ich habe mich angeboten, einen von ihnen zu fahren.« Sie deutet auf die Werkstatt gegenüber, vor der Jakop mit einem Mann diskutiert. Selbst von hier sehe ich, dass es ihm noch immer nicht gut geht.

Die Frau, in die er verliebt war, war unter den drei getöteten Frauen. Viola hat mir erzählt, dass er nicht darüber hinwegkommt. Sie behauptet auch, dass man Nash ansieht, dass es ihm nicht gut geht ohne mich, aber sobald sie davon spricht, mache ich zu und sie hat es irgendwann sein lassen. Ich habe Jakop jetzt ein paar Mal gesehen, die tiefen Schatten unter seinen Augen werden nicht besser.

Nichts wird besser, es soll alles nur schlimmer werden. Ich will so wenig wie möglich von alldem erfahren, doch die Rebellen haben alle Hände voll zu tun. Michele ist das Monster, was Alea prophezeit hat. Er schlägt immer wieder mit voller Härte zu. Aber auch wenn es den Rebellen gelungen ist, die Grenzen zu halten, so trifft er sie doch auch immer wieder. Viola geht nicht ins Detail, weil sie weiß, dass ich mit alldem nichts mehr zu tun haben will, doch es sollen schreckliche Dinge passiert sein.

Ich öffne die Keksdose und probiere von Marias duftenden Keksen, auch Viola nimmt einen. »Okay, aber ich kenne dich doch. Das ist doch nicht der einzige Grund, wieso du hier bist, du ...« Schon hat sich Viola zu mir gebeugt, ich muss lächeln, sie ist mir mittlerweile richtig ans Herz gewachsen.

Sie flüstert, auch wenn das hier gar nicht unbedingt nötig wäre, doch Viola ist eine kleine Drama-Queen.

»Hast du das Neueste von den Scaranos gehört? Was passiert ist?« Ich wende den Blick ab und nehme mir noch einen Keks. »Natürlich, jeder hat das wahrscheinlich gehört, du weißt, dass diese Gerüchte meistens nicht stimmen und selbst wenn, ich will damit ...«

Sie rückt noch näher. »Sie soll zurück sein, Elisa.«

Ihre Augen werden ernst.

»Ich habe das jetzt schon zweimal gehört. Alea soll zurück zu ihrer Familie gekommen sein.«

Viola hebt verschwörerisch die Augenbrauen, einen Moment sagt keiner etwas und dann lehne ich mich zurück. »Wer sagt das? Ich kann mir nicht vorstellen, dass sie freiwillig zurückgekommen ist.«

Auch das liegt mir im Magen, ich vermisse Alea. Ich habe damals mitbekommen, dass sie nie an dem College in Puerto Rico angekommen ist, wo sie anfangen wollte, ihr Studium fortzusetzen. Sie haben sie aus den Augen verloren, sobald sie in Puerto Rico den Jet verlassen hat. Im Grunde war es so gewollt, wir alle hier wissen, dass sie nur so auch wirklich frei leben kann, wenn sie komplett untertaucht. Natürlich habe ich mich für sie gefreut, dass es ihr gelungen ist, all dem den Rücken zuzukehren, doch ich wünschte noch immer, ich könnte sie wiedersehen.

Als ich endgültig begriffen habe, dass Nash es ernst meint und mich aus seinem Leben ausschließt, war mein erster Gedanke, so weit wie möglich weg zu sein. Am liebsten hätte ich den nächsten Flieger nach Puerto Rico genommen, doch den Gedanken habe ich schnell wieder verworfen. Zum einen hat sich Natale einiges einfallen lassen, damit Alea so unauffällig wie möglich das Land verlassen kann. Wäre ich ihr in einem normalen Linienflug mit meinen Papieren gefolgt, wäre die Wahrscheinlichkeit, dass ich sie verraten hätte, viel zu groß gewesen. Außerdem will ich meine Familie nicht verlassen, nicht jetzt, nicht wo sie sich gerade von allem was war erholen.

Nach und nach habe ich gemerkt, dass es reicht, Abstand zu den Rebellen und besonders zu Nash zu gewinnen. Hier am College bin ich weit genug weg von diesem Leben und doch noch nah genug dran, um das, was ich dort liebe und vermisse, regelmäßig bei mir zu haben.

Viola lehnt sich auch wieder zurück und genießt weiter ihren Kaffee. »Ich habe es von Maja gehört, sie wollte wissen, was genau zwischen Natale und Alea war, deswegen hat sie sich bei Shayla und mir umgehört, doch ich habe ihr gar nichts gesagt. Sie wird mitbekommen haben, dass da etwas Besonderes zwischen Natale und Alea war, auch wenn keiner mehr darüber spricht. Sie sagt, dass sie es aufgeschnappt hat, als sich Nash und Natale darüber unterhalten haben, also wird es stimmen. Genau wissen werden wir es erst bei der Beerdigung, die morgen stattfinden soll, doch ich dachte, ich sage es dir.«

Am liebsten würde ich die Augen verdrehen, ich kenne Maja nicht, doch ich habe schon so viel von ihr gehört, dass ich sie allein deswegen nicht mag.

Man hat Natale angemerkt, wie schwer ihm das wegen Alea gefallen ist, ich habe es ihm angesehen und als ich weg war, haben mir Viola und Shayla weiter über ihn berichtet. Irgendwann hat keiner mehr von Alea gesprochen, Michele hat sein Unwesen getrieben und jeder wusste, dass es gut ist, dass Alea nicht geblieben ist, sie hätten sie nicht an Natales Seite akzeptiert, nicht nachdem, was ihr Bruder und Lorenzo den Menschen in Italien gerade antun.

Die Rebellen hatten zwei Verräter unter sich.

Einen Angestellten, der zum Glück nicht viel Einsicht in die wichtigsten Angelegenheiten hatte und Meli. Das mit Meli hat sie alle getroffen. Sie war nicht von Anfang an eine Verräterin, sie hat sich erst an Michele gewandt, als sie die Ablehnung von Natale gespürt hat. Sie haben in ihren Räumen ihren Laptop durchsucht, sobald sie den Verdacht hatten. Auch wenn Meli sich alle Mühe gegeben hat, es zu vertuschen, sind die Computerexperten besser gewesen und haben herausgefunden, dass sie es durch die sicheren Verbindungen geschafft hat, mit Leuten um Michele herum per Mail-Kontakt zu bekommen. Ich weiß nichts Genaues, doch sie konnten alles nachweisen. Micheles Männer haben ihr nicht vertraut, sie sollte ihnen beweisen, dass sie Macht bei den Rebellen hat. Also hat sie ihnen die Frauen ausgeliefert. Sie hat ihnen ihren Standpunkt verraten, wann die Ablösung kommt und statt wie angeordnet Verstärkung zu ihnen zu schicken, hat sie sie alleine gelassen. Sie war es, die die Frauen verraten hat.

Seitdem nehmen die Rebellen keine neuen Mitglieder mehr auf.

Es sind einige alte Mitglieder zurückgerufen worden, die im Urlaub waren oder die bereits aufgehört hatten, denen sie aber hundertprozentig trauen können. Seitdem ist diese Maja zurück. Sie war vor einem Jahr schon bei den Rebellen, auch für einige Jahre, doch da ihre Mutter krank geworden ist, wollte sie ein Jahr pausieren. Nun ist sie zurückgekommen, da die Rebellen jede helfende Hand gebrauchen können und es ihrer Mutter wohl wieder besser geht.

Viola und Shayla sind natürlich wie immer über alles genau informiert, deswegen weiß ich auch, dass Maja früher schon hin und wieder etwas mit Natale hatte und jetzt, seitdem sie zurück ist, scheinen die beiden fest zusammen zu sein, zumindest wirkt es so. Doch auch sie soll das Gerücht, dass Alea zurück ist, nervös gemacht haben. Ich kann mir ein tiefes Ausatmen nicht verkneifen, all dieses Drama, ich bin froh, auch davon Abstand zu haben.

»Ich kann mir nicht vorstellen, dass sie das Risiko eingeht herzukommen, ich meine, nicht nachdem, was Michele getan hat und keiner weiß, wie es nun weitergeht ...« Es war vorgestern überall in den Nachrichten. Michele, der seit seiner Übernahme der Scaranos gezeigt hat, wie harmlos doch Matteo im Grunde war, wurde erschossen. Nicht von einem Rebellen, der Polizei oder einem Feind. Nein, seine junge Ehefrau soll ihn mitten in der Nacht mit seiner eigenen Waffe erschossen haben. Es sollen mehr als zehn Patronen in seinem Körper gefunden worden sein. Die Frau konnte flüchten und wurde gestern geschnappt, als auch die Obduktionsergebnisse da waren.

Auch wenn ich mit alldem nichts mehr zu tun haben will, bin ich nicht drum herumgekommen, das zu verfolgen, es war überall in den Nachrichten. Keiner weiß, was jetzt kommt, wer nun die Führung übernimmt, doch nach Matteo und Michele habe ich die Befürchtung, es kann nur schlimmer werden. Michele hat enge Geschäfte mit Lorenzo gemacht, es wird gemunkelt, er soll die Führung der Scaranos übernehmen, doch es war auch seine Schwester, die Michele getötet hat. Ich weiß es nicht, es sollte mir egal sein, doch wenn Alea tatsächlich so verrückt ist und zurückkommt, wird es seinen Grund haben.

»Das denke ich eigentlich auch, doch du weißt, dass Nash und Natale es erfahren würden, wenn sie wieder in Italien ist, sie haben auch überall Spione ...« Unbewusst greife ich nach einem weiteren Keks und beiße ab. Das ... kann es wirklich sein, dass sie zurück ist, wegen der Beerdigung? Aber sie würde ihren Schutz verlieren, noch einmal wird ihr die Flucht nicht gelingen. Aber der Gedanke, Alea mal wiederzusehen ...

»Wenn du etwas hörst, sag mir Bescheid und solltest du sie sogar sehen, sag ihr, sie soll sich bei mir melden.« Viola hat den Kaffee ausgetrunken und wir beide sehen zu Jakop, der zu uns herüberkommt. »Mach ich ... wobei ich bezweifle, dass sie zu uns kommen wird, ich denke, wir müssen bis zur Beerdigung warten, bis wir wissen, ob an den Gerüchten mehr dran ist.« Ich nicke, Jakop kommt zu mir und gibt mir einen Kuss auf die Wange. »Das müssen wir wohl. Hey, und müsst ihr zurück laufen?« Jakop schnappt sich den letzten Keks.

»Nein, er hat die zwei Schläuche schnell getauscht, wir können los. Es ist eine Besprechung einberufen worden, ich muss mich beeilen, will noch einer einen Kaffee?« Viola und ich verneinen. Mein Blick gleitet zu seinen dunklen Augenringen, auch wenn er lächelt, sieht man, dass es nicht echt ist. Nicht so wie damals, bevor das mit den drei Kämpferinnen passiert ist. Diese Nacht hat einiges geändert.

Wir stehen auf, als er hineingeht, um sich einen Kaffee zum Mitnehmen zu holen. »Ich sage doch, es ist gerade sehr unruhig, keiner weiß, was jetzt auf uns zukommt ...«

Viola legt den Arm um mich. Wir beide ahnen, dass es nichts Gutes ist, doch keiner spricht es aus.

»Soll ich noch jemandem etwas sagen? Ich habe Nash vorhin getroffen. Als ich ihm gesagt habe, dass ich Jakop begleite, habe ich genau erkannt, dass er das am liebsten tun würde, man sieht ihm an, dass es ihm nicht leichtfällt und dass er ...« Ich unterbreche sie. »Er war sich sehr sicher, dass er mich nicht bei sich haben will. Wie die meisten Männer denkt er, er weiß, was gut für mich ist. Wenn ich mit dieser Entscheidung leben kann, wird er es auch müssen, immerhin war es seine.«

Viola sieht mich an und ich spüre schon, dass sie mehr sagen will, doch da kommt Jakop heraus. »Bis nächste Woche und grüß meinen Vater, Maria, Shayla ... grüß sie alle.« Die beiden versprechen es. Während sie zu den Autos gehen, einsteigen und in Richtung der Ausfahrt fahren, die sie zum Gelände der Rebellen bringt, bleibe ich stehen und sehe ihnen nach.

Es wäre so leicht, mit ihnen zu fahren, Nash zur Rede zu stellen, wieder in seinen Armen zu liegen ... Allein das Wissen, dass das jetzt sofort möglich wäre, lässt mich schwer schlucken und treibt mir Tränen in die Augen.

Seit nun einem halben Jahr bin ich ohne ihn und war nur ein paar Wochen mit ihm und es hat nichts daran geändert. Wie sehr ich ihn noch liebe und wie sehr er mir fehlt, zeigt mir, dass ich weiter gegen mein Herz kämpfen muss.

Nash hat in vielem falsch gelegen, doch mich von ihm und den Rebellen fernzuhalten, war das einzig Richtige, was er getan hat. Diese Wochen haben mich innerlich so tief verletzt, dass ich nicht darüber hinwegkomme. Angefangen bei Matteo, dem Verlust meines Zuhauses, bis hin zu Nash und dass ich an ihn mein Herz verloren habe. Gerade als ich mir sicher war, ihm ganz mein Herz zu schenken und uns diese Chance zu geben, wollte er es nicht mehr. Genau als ich bereit war, alle Zweifel zu vergessen und das Risiko einzugehen, hat er angefangen zu zweifeln und mich weggeschickt.

Ich schließe einen Moment die Augen und lasse die Erinnerungen zu, die ich sonst immer weit von mir schiebe.

Mein Mund wird trocken und ich schaffe es nicht, den Augenkontakt abzubrechen, ich versinke ein weiteres Mal in seinen dunklen Augen.

»Das sind sehr bedeutende Worte, Nash, die sollte man nicht ...« Er unterbricht mich und küsst meine Wange und dann meine Lippen. »Das würde ich nicht, Elisa. Ich würde diese Worte niemals einfach so in den Mund nehmen.«

Ich erkenne in seinen Augen, dass er die Wahrheit spricht. »Das ist schön und macht mir gleichzeitig Angst.« Um seine sinnlichen Lippen legt sich ein Schmunzeln. »Also, du hast in der schrecklichsten Mafia-Familie Italiens gelebt und steckst gerade mitten unter den Rebellen, doch das macht dir Angst? Dass dich ihr Anführer liebt?« Ich nicke und lege meine Arme um seinen Hals. »Ja, das tut es, weil ich das erste Mal in meinem Leben genauso empfinde und das hier vielleicht das Erste ist, was mich wirklich verletzen kann.«

Und das hat es. So sehr verletzt, dass ich wieder das Gefühl habe, keine Luft mehr zu bekommen, nur weil ich diese Erinnerungen zugelassen habe.

Mein Blick gleitet an der Uni vorbei, zu den alten verschnörkelten Eisentoren, die zum Gelände neben dem Campus führen. Wir haben dort einen schönen grünen Park, eine Bibliothek und eine Wäscherei, die Universität ist nicht sehr groß, doch allein in meinem Wohnhaus leben um die fünfzig Studenten. Ich fühle mich wohl hier.

Bevor ich Viola getroffen habe, wollte ich eigentlich duschen und dann für eine Prüfung lernen, doch ich kann Nashs dunklen Blick nicht aus meinen Gedanken streichen. Seine Augen haben mich vom ersten Moment an fasziniert, diese langen Wimpern, dieser intensive Blick … als meine Gedanken zu seinem anziehenden Lächeln, seinen durchtrainierten Armen und dem Kreuz auf der Hand wandern, mit denen er mich so zärtlich berührt hat, fluche ich leise und setze mir die Kopfhörer auf.

Sometimes you need the rain,
to know you miss the sun
sometimes you need the pain,
to know it isn't love
sometimes the one you hold
you gotta let 'em go, you gotta let 'em go
you gotta let 'em go[2]

Statt zurück zum Campus laufe ich wieder los, renne, um Nash und die Rebellen und die tiefen Spuren, die diese Zeit in mir hinterlassen hat, weit von mir zu schieben.

Es beginnt zu regnen und ich beschleunige und sehe in den Himmel.

Ich renne so weit, bis ich wieder atmen kann.

Kapitel

2

Natale

»*Du solltest versuchen zu schlafen.*« *Mein Blick gleitet über ihre Schulter, zu ihren langen Haare, die ich träge beiseiteschiebe, um sie näher an mich zu ziehen und gleichzeitig ihre Stirn zu küssen.*

»Ich kann nicht, meine Gedanken kommen nicht zur Ruhe. Im Grunde weiß ich, dass ich keine andere Wahl habe und doch will ich nicht gehen.« Sie hebt ihren Kopf, sie hat eine ganze Weile an meiner Schulter gelegen und Kreise auf meiner Brust gezogen, auch ich bekomme kein Auge zu, doch sie sollte ein wenig schlafen. Ihre wunderschönen hellbraunen Augen streifen meine, meine Hand legt sich an ihre Wange, sie ist die schönste Frau, die ich jemals in meinen Armen halten konnte, und die, die es geschafft hat, mich um den Verstand zu bringen und dabei mein Herz für sich zu gewinnen. »Du hast recht, wir wissen, dass es nicht anders geht, das bedeutet aber nicht, dass es nicht schwer sein darf, Alea.«

Sie schiebt sich ihre langen hellbraunen Haare beiseite und küsst meine Wange, meinen Hals und dann meine Brust. »Ich werde das alles vermissen, Natale. Wenn wir beide nachts wachliegen und nicht schlafen können, dann lass uns an diesen Moment denken.« Sie sieht mir wieder in die Augen und beißt sich auf die Unterlippe. Diese Frau raubt mir den Verstand.

»Daran ...« Ihre Lippen gleiten über meine Brust.

»Daran ...« Sie streicht die Decke von mir herunter und ihre Lippen gleiten zu meinem Bauchnabel, bevor sie an meiner Erregung ankommen.

»Und besonders daran ...« Sie umschließt mich mit ihren Lippen und ich lehne mich in meinem Kissen zurück. Es ist egal wie, ich bezweifle, dass ich Alea jemals vergessen kann, auch wenn die Zeit, die wir hatten, nur kurz war, so sind wir doch von Feinden zu dem geworden, was uns beide nicht schlafen lässt, das, was mich weich macht, wenn ich sie ansehe und spüre. Ein leiser Fluch entweicht meinen Lippen, diese Frau weiß, was sie tut. Damit wir nicht zu schnell die Kontrolle verlieren, bin ich nun dran. Ich hebe sie zu mir und lege mich über sie. Ihr Auflachen fährt mir direkt ins Herz, ich liebe es, wie wohl sie sich in meinen Armen fühlt.

Unsere Lippen berühren sich fast, doch ich halte ein und sehe ihr in ihre glänzenden Augen.

Morgen werde ich sie gehen lassen, für immer. Meine Herz pocht unruhig in meiner Brust, ich sollte ihr sagen, wie ich fühle, wie viel sie mir bedeutet und dass sie immer etwas ganz Besonderes für mich sein wird. Dass sie die erste Frau ist, für die ich solche starken Gefühle habe, diese drei Worte, die immer alles ändern. Sie muss es wissen und doch, als ich meinen Mund öffne, erkenne ich die Unsicherheit in ihren Augen, weiß, dass sie im Grunde nicht gehen will, auch wenn sie muss. Wenn du

Das Klingeln meines Handys lässt mich aufwachen und
aufsetzen. Statt anzunehmen wende ich mich um und sehe auf
lange hellbraune Haare, zufrieden beuge ich mich zu ihr,
schiebe ihre Haare beiseite und sehe in Majas schlafendes
Gesicht. Die Enttäuschung brennt sich kalt in meinen Magen
und das nicht zum ersten Mal. Der Traum war viel zu real.
»Musst du schon aufstehen?« Auch wenn ihre Augen noch
geschlossen sind, scheint sie wachgeworden zu sein.

»Ja, schlaf weiter, wir haben erst in einer Stunde eine
Besprechung.« Maja wendet sich um und schlingt ihre Arme
um meinen Hals. »Okay, aber warte noch …« Ihre Lippen
berühren meine und sie lächelt zufrieden, als ich ihr einen
Kuss auf die Lippen gebe und mich dann aus ihrer Umarmung
befreie.

Ich habe mich an sie an meiner Seite gewöhnt. Ich stehe
auf, gehe schnell unter die Dusche und ziehe mir dann meine
Einsatzkleidung an. Nach der Besprechung werden wir direkt
losfahren.

Wieder gleiten meine Gedanken zu Alea. Die erste Zeit, als
ich sie am Jet verabschiedet habe, war es gar nicht so schwer

wie ich es gedacht habe. Ich wusste, dass es das Richtige ist und habe mich darauf verlassen, dass die Zeit mich sie vergessen lässt, vielleicht nicht ganz, aber zumindest so, dass ich mich nicht jedes Mal so fühle wie genau jetzt, wenn ich an sie denke.

Nach einer Weile habe ich gemerkt, dass das Ziehen in meiner Brust nicht besser wird, dass ich zu oft nachts wachlag und an Alea denken musste. Es war gut, dass Maja gekommen ist, es hat nicht lange gedauert und die kleine Affäre von damals hat wieder angefangen. Sie hat eine gewisse Ähnlichkeit mit Alea, die Haare, das feine Gesicht. Sie ist ganz anders als sie und doch hat es mir eine Weile gereicht, wenn ich sie um mich herum hatte.

Doch mittlerweile spüre ich mehr und mehr, dass es nicht mehr ausreicht, dass mich die Nächte wieder einholen und seit wir erfahren haben, dass Alea am Flughafen gesichtet worden sein soll, stehe ich völlig neben mir.

Ich kann es mir nicht vorstellen, wieso sollte sie ihre Sicherheit aufgeben? Sie ist doch nicht so dumm und begibt sich in Lorenzos Nähe? Wir alle wissen nicht, was jetzt passiert, was mit den Scaranos passiert, da nun auch Michele nicht mehr lebt. Ich kann nicht glauben, dass sie dieses Risiko eingeht, doch wir haben es gestern immer wieder gehört, wir werden es letztlich erst auf der Beerdigung sehen.

Die Presse stürzt sich auf den Fall, auf den Mord der jungen Frau des Anführers der Scaranos. Auf die Pechsträhne der so mächtigen Familie. Damit haben wir die Garantie, dass genug Sender live von der Beerdigung berichten werden.

Ungeduldig und mit noch immer unruhigem Herzschlag verlasse ich meinen Bereich. Es ist ruhig, alle ruhen sich aus. Die Tage und Nächte sind lang, wir teilen alles auf und warten ab. Wir müssen sehen, was auf der Beerdigung passiert, deswegen fahren wir die Grenzen ab und versuchen, endlich wieder voranzukommen. Seit Michele an der Macht ist, konnten wir unsere Gebiete halten, aber nicht ausweiten. Immer wieder haben Lorenzo und er Kämpfe begonnen, wir haben einige gute Kämpfer verloren, sie auch. Die Geschäfte der Scaranos werden immer schmutziger, doch Lorenzo und Michele halten uns so auf Trab, dass wir nicht mehr so viel dagegen tun können, wie wir es gerne würden.

Politisch haben wir endlich jemanden, den wir bald einsetzen werden. In einigen Wochen sind Neuwahlen und unser Kandidat steht dafür, mit voller Härte gegen die Mafia vorzugehen und uns zu unterstützen. Mit ihm an der Macht werden wir mehr erreichen können, doch so lange müssen wir ihn hier in Kalabrien schützen. Lorenzo weiß, dass ihre Macht weiter schwindet, wenn unser Kandidat gewinnt und die Chancen stehen gut, deshalb gehen wir kein Risiko ein, sein Haus wird hier rund um die Uhr bewacht und wir haben nur noch mehr zu tun.

Bevor ich mir etwas zum Essen hole, gehe ich in der Trainingshalle nach dem Rechten sehen und laufe fast in Jakop hinein, der gerade alle zum Duschen schickt. »Ich habe dich angerufen, es ist nett, dass du rangehst.« Unser rothaariger Elitekämpfer ist auch noch nicht wieder ganz der Alte, doch in solchen Momenten kommt ihm wie früher mal wieder ein frecher Spruch über die Lippen. »Ich dachte, du willst mir das, was du zu sagen hast, lieber direkt sagen.« Ich zwinkere ihm zu und Jakop nimmt sich grinsend die Boxhandschuhe ab. »Wann hast du mit Nash gesprochen, also ich meine richtig? Ich glaube, die Sache mit Elisa setzt ihm doch mehr zu, als er es zugeben will. Gestern waren wir bei ihr, Viola und ich, und als ich es später vor ihm erwähnt habe, war er gleich … ich denke, er hat die Nacht nicht geschlafen, ich habe ihn erst schwimmen und dann trainieren gesehen, und als ich heute früh in den Trainingsraum gekommen bin, war er wieder hier.«

Nash und ich sind Brüder von Geburt, doch auch die anderen sehen uns als Brüder und ich spüre, dass sich viele Gedanken um Nash machen. Auch ich tue das, doch ich weiß, dass man ihm gerade nicht helfen kann. Er bereut seine Entscheidung, Elisa gehen gelassen zu haben, gleichzeitig weiß auch er, dass es am Ende besser für sie ist, ähnlich wie bei mir, wenn auch nicht ganz so drastisch und genau deswegen weiß ich auch, dass es nichts gibt, was man für ihn tun kann.

Ich habe gestern mit ihm gesprochen, er denkt darüber nach, noch einmal mit Elisa zu reden, aber sie hat ihn schon einmal von sich gestoßen und er will es ihr nicht noch schwerer machen. Er weiß, dass er sie verletzt hat. Ich wünschte, Elisa könnte sehen, was ich sehe, dass er sie niemals verletzen könnte, ohne sich dabei selbst viel mehr wehzutun und genau das ist mit ihm passiert.

»Er braucht Zeit, Jakop, ich rede noch einmal mit ihm, doch wenn er das Training braucht, um sich abzuregen, dann lass ihn einfach ...«

Luca und Apollo gehen an uns vorbei und klopfen mir dabei auf die Schulter. »Wir machen uns auf den Weg zum Haus des Präsidenten, die neuen Drohnen werden das Grundstück noch besser schützen.« Ich nicke. »Nehmt noch zwei Männer mit, der Präsident hat heute einen Auftritt im Fernsehen, da soll nichts schiefgehen.«

Die beiden heben die Hand und ich sehe zu Jakop. »Nash wird das überstehen, wir alle werden das. Ich hole mir was zum Frühstück und komme dann in die Besprechung.« Jakop nickt und schmeißt die Handschuhe in einen der Körbe. »Ich gehe duschen, bring mir ein paar Cornetti mit.«

Wir gehen zusammen zu der Treppe, er geht nach oben und ich nach unten, um zu frühstücken. Vorher gebe ich aber noch den Männern Bescheid, die hier die Funktion des Hausmeisters haben, dass sie sieben Wagen bereit machen sollen. Sie sind momentan damit beschäftigt, ein weiteres Haus zu bauen, in dem die Älteren wohnen wollen. Isajah, Elisas Vater und Maria und auch der Arzt haben schon ihr Interesse bekundet. Mir soll es recht sein, wir werden wieder wachsen und auch unsere Macht wächst, so sehr Michele und Lorenzo es auch verhindern wollten. Ich frage mich wirklich, was nun auf uns zukommt, ahne aber auch, dass ich sicherlich nicht lange auf die Antwort warten muss.

Im Speisesaal sitzen nur noch Nash und zwei weitere aus der Eliteeinheit. Mein Bruder lacht gerade laut über etwas, was einer von ihnen gesagt hat. Ich nehme mir einen Kaffee, eine Mandarine und zwei kleine Küchlein. Auch wenn sich die drei gut zu amüsieren scheinen, täuscht mich das nicht darüber hinweg, dass Nash kaum etwas von seinem Teller angerührt hat oder über die dunklen Ränder unter seinen Augen.

Isajah kommt zu mir und zeigt mir den Plan für die nächste Woche, er müsste das nicht tun, er hat das im Grunde selbst in der Hand, doch er will auch immer, dass wir einen Blick darauf werfen. Normalerweise segne ich alles ab, doch ich deute auf morgen. »Hast du alles für Cannelloni da? Ich denke, mein Bruder könnte gerade etwas Aufmunterung gut gebrauchen.«

Auch der Blick des älteren Mannes geht zu Nash. »Natürlich, das mit Elisa geht ihm ganz schön auf den Magen, oder? Bei ihr darf man nicht einmal seinen Namen erwähnen, wenn du mich fragst, eine Schande, wieso ist man nicht einfach mit der Person zusammen, die man liebt, wieso macht man es sich so schwer?«

Auch wenn ich gerade zwei Teller mit Hörnchen und Kuchen für die Besprechung häufe, höre ich ihm zu. »Manchmal ist es nicht so einfach, man kann nicht immer nach seinem Herzen gehen.« Isajah schnauft auf und steckt seinen Zettel wieder ein. »Wenn ich die Chance hätte, nur noch einen Tag mit der Liebe meines Lebens zu verbringen, könnte mich nichts und niemand davon abhalten. Ich habe die Möglichkeit dazu nicht mehr. Ihr jungen Männer solltet auch mal auf eure Herzen hören, das macht einiges leichter.«

Isajah geht mit humpelnden Schritten in die Küche zurück und ich sehe ihm nach. Er hat seit einigen Wochen Probleme mit den Knien. Seine Worte sind wahrscheinlich gar nicht so verkehrt, doch genau Nash und ich sind nicht in der Position, nur an uns und das, was unsere Herzen wollen, zu denken.

»Schläfst du noch? Die Besprechung hat bereits begonnen.« Nash und die anderen beiden Männer kommen zu mir, mein kleiner Bruder grinst mich an und ich drücke ihm einen Teller und ein Stück Kuchen in die Hand. »Wer viel trainiert, muss auch essen, also los, lass uns sehen, wie auch der andere Scarano endlich von dieser Welt verschwindet.«

Auch wenn ich die Worte ernst meine, durchfährt mich ein Stich. Wie kann ich einen Teil dieser Familie so sehr hassen und ein anderer Teil davon bringt mich um meinen Schlaf? Das wird nie zusammenpassen. Hat es nie und wird es nie, so gut sich die Nähe zu Alea auch angefühlt hat.

»Verstanden, Mama! Hast du die Wagen bereitmachen lassen? Ich würde heute noch mal in die Stadt bei ...«

Wir gehen die Treppen hoch und direkt in den Besprechungsraum, wo sich alle schon versammelt haben. Maja kommt sofort zu mir und gibt mir einen Kuss. Auch wenn wir öfter etwas miteinander haben und sie auch hin und wieder bei mir schläft, mag ich das eigentlich nicht. Ich sehe das hier nicht als eine richtige Beziehung, nicht so, wie sie es tut.

Am liebsten würde ich sie noch einmal daran erinnern, sich etwas zurückzuhalten, doch sobald wir im Raum sind, fällt mein Blick zum Fernseher, der bereits eingeschaltet ist und auf dem die Beerdigung bereits läuft. Offenbar war sie doch früher als geplant, vielleicht hatte man die Hoffnung, dass man so der Presse entkommt, was augenscheinlich nicht der Fall ist.

Nash neben mir räuspert sich leise und alle sind still, als wir zusammen zu dem Bild blicken, was mein Herz zum Rasen bringt. Ozias Scarano steht aufrecht am Grab seines zweiten Sohnes, seine Frau daneben und auch Lorenzo steht am Grab, wie auch so einige andere grausame Personen aus der italienischen Unterwelt, doch nicht das lässt mich einhalten.

Neben ihrem Vater steht Alea.

Sie ist tatsächlich zurück.

Als würde die Kamera meine Sehnsucht spüren, fährt sie langsam über sie, sodass ich in Sekundenschnelle jedes Detail von ihr erfassen kann.

Ihre Haare sind länger und heller geworden, wahrscheinlich durch die Sonne Puerto Ricos. Auch wenn sie einen langen schwarzen Mantel trägt und auch so ganz in schwarz gekleidet ist, sieht man, dass sie brauner geworden ist.

Dieses Mal trägt sie keine Sonnenbrille, ihre schönen Augen sind stur auf das Grab vor ihr gerichtet, sie weint nicht wie beim letzten Mal. Ich betrachte ihr hübsches Gesicht ganz genau, jedes Detail, ihre Lippen, die Nase. Als die Kamera von ihr weg schwenkt, würde ich am liebsten laut auffluchen, doch dann wird noch einmal das ganze Bild mit allen Personen gezeigt.

Alea wirkt weder traurig noch ängstlich oder unsicher. Ich höre, wie sich neben mir alle beginnen zu unterhalten, keiner hat damit gerechnet, dass sie wirklich wiederkommt, Nash legt einen Moment die Hand auf meine Schulter. Er weiß, was sie mir bedeutet, dann setzt er sich, doch ich bleibe stehen und sehe weiter in Aleas Gesicht. Sie wirkt entschlossen, wie ich sie noch nie vorher gesehen habe.

Wieso bist du so verrückt zurückzukommen und was hast du vor?

Kapitel

3

Alea

Mein Blick gleitet über die sich unter mir auftuende Landschaft Italiens.

Als ich das letzte Mal hier war, hat es mir das Herz zerrissen, Italien und Natale zu verlassen. Nun sehe ich mit gemischten Gefühlen auf das Land hinunter, das meine Heimat ist.

Alles ist ganz anders gekommen als geplant, wie so oft in meinem Leben. Sobald ich vor einem halben Jahr in Puerto Rico gelandet bin, bin ich zu der Universität gefahren, wo ich mit meinem falschen Namen und Daten angemeldet war, dank Natale.

Alles hat gut geklappt. Auch wenn die Luftfeuchtigkeit mir am Anfang zugesetzt hat, habe ich es ohne Probleme mit meinem wenigen Gepäck an die Uni geschafft. Im Sekretariat wollte ich mich gerade anmelden, als eine Professorin mich auf italienisch fluchend meine Papiere im Rucksack suchen gehört hat. Sie hat mir davon erzählt, dass sie und zwei andere Professorinnen für einige Wochen auf dem Land umherreisen, um angehende Lehrerinnen in den kleinen Dörfern des Landes zu unterstützen, unter allen Umständen Unterricht abhalten zu können. In Puerto Rico lernt man oft neben Englisch auch Italienisch und sie hat mich gefragt, ob ich sie nicht begleiten möchte und so zuerst mit meinem praktischen Teil beginnen und dann zu den Kursen in das College zurückkehren möchte.

Ich habe nicht eine Sekunde gezögert. Nach all der Zeit, die ich eingesperrt war, bin ich begierig darauf gewesen, herauszukommen, die Welt zu sehen und zu lernen. Das letzte halbe Jahr bin ich durch Puerto Rico gezogen. Wir haben immer zwei Wochen in einer kleinen Stadt gelebt und die umliegenden Dörfer und Kleinstädte besucht. Ich habe so viel unterrichtet, gelernt, die Menschen und das Land kennengelernt. Ich konnte schon immer gut spanisch, doch jetzt denke ich, beherrsche ich es ziemlich perfekt. Aus ein paar Wochen wurden Monate, weil es solch einen Spaß gemacht hat.

Nächste Woche wäre ich zurückgekehrt ans College und hätte mit den richtigen Kursen begonnen. Die Reisen wurden bezahlt, sodass ich mittlerweile ein wenig Geld ansparen konnte und nach und nach hat sich alles wieder richtig und gut angefühlt, bis ich vor zwei Tagen in den Nachrichten gesehen habe, was in Italien passiert ist.

Ich habe gezögert, ich wusste nicht, was ich tun soll. Die meisten Nächte in Puerto Rico habe ich schwer einschlafen können, egal wie viel ich am Tag zu tun hatte. Zum einen habe ich verarbeitet, was alles passiert war, zum anderen auch über das nachgedacht, was auf meine Familie, meine Mutter und meinen Vater zukommt. Ich habe all die Monate versucht, etwas über sie zu erfahren, doch es war schwer von hier aus und ich wollte meine Tarnung auch nicht riskieren. Doch eines war immer in meinem Hinterkopf: Als ich die Nachrichten gesehen und vom Tod von Michele erfahren habe, wusste ich, dass ich entweder so weitermache wie die letzten Monate oder zurückkehre, um das zu tun, was ich mir all die Nächte in den Kopf gesetzt habe.

Mein Verstand hat mir im Grunde gesagt, ich soll bleiben, aber mein Herz hat mich bereits am nächsten Tag zum Flughafen geführt. Ich habe alles dabei, was ich noch besitze. Aus einem Rucksack sind mittlerweile zwei geworden, mehr nicht. Ich habe mich geändert, meine Einstellung zum Leben, es war klar, dass ich nach allem, was passiert ist, nicht mehr dieselbe sein könnte, doch als ich dann die Flüge gebucht habe, sodass ich mit dreimal umsteigen jetzt einen Tag vor der Beerdigung von Michele wieder in Neapel lande, ist es trotzdem nicht das, was ich geplant hatte.

Alle erheben sich nach der Landung, doch ich bleibe sitzen und sehe auf die Fahrbahn, auf der Männer mit Gepäckwagen und Bussen angefahren kommen. Meine Gedanken kehren automatisch zu Natale zurück. An unsere letzte Nacht, an all die Zeit, die wir zusammen hatten. Das ist mir am schwersten gefallen, ihn so weit zu vergessen, dass ich nicht jedes Mal mit diesem Stich im Herzen leben musste, wenn ich an ihn gedacht habe.

Jetzt bin ich so weit, dass sich ein Lächeln auf mein Gesicht legt, wenn ich an ihn denke. Auch er hat etwas in mir verändert. Er fehlt mir, seine Nähe fehlt mir und doch bin ich glücklich, wenn ich an ihn und unsere gemeinsame Zeit denke. In Puerto Rico habe ich einige Männer kennengelernt, einmal nach einer Nacht in einem Club habe ich auch einen Mann näher an mich herangelassen, doch danach ging es mir noch schlechter, weil ich Natale nur noch mehr vermisst habe.

Ich dachte, die Zeit ändert dieses Gefühl, es hat sich auch ein wenig geändert, weil ich wusste, dass ich ihn wahrscheinlich nicht so schnell oder vielleicht sogar überhaupt nicht wiedersehen werde, doch als ich jetzt zusehe, wie nach und nach alle aussteigen und ich auf Italien hinabblicke, spüre ich wieder diese Sehnsucht.

»Was passiert hier mit uns, Natale?«

Meine Lippen schweben über seinen, sein Geruch zieht mich an, seine Hände legen sich auf meinen Hintern und auch er schüttelt leicht den Kopf. »Ich weiß es nicht, Sturkopf, du hast mir gefehlt. Komm her.«

Es hat sich nichts geändert, ich war nur zu weit weg und somit in der Lage, es von mir zu schieben, weil ich keine Wahl hatte, jetzt bin ich zurück und die Dinge liegen wieder anders.

Als Letzte verlasse ich das Flugzeug, hole mein Gepäck und will mir ein Taxi rufen, da werde ich an der Kontrolle vom Sicherheitspersonal aufgehalten. Sie sagen, ich muss warten und bringen mich trotz aller Proteste in einen separaten Raum, aus dem ich nicht entkommen kann.

Natürlich, Natale hatte mir erzählt, dass ich auf Gesichtserkennungsdateien gemeldet bin, ich habe in all der Eile nicht mehr daran gedacht, dass mir meine gefälschten Papiere nicht helfen werden. Allerdings versuche ich auch nicht mehr zu fliehen sondern will zurück. Ich klopfe wütend gegen die Tür, kaum bin ich in Italien, fängt das Einsperren wieder an, ich drehe durch.

Einen Moment frage ich mich, ob Natale davon erfahren wird, auch die Rebellen werden gut vernetzt sein, ob auch er hören wird, dass ich zurück bin? Wird es ihm mittlerweile vielleicht sogar egal sein?

Nach einer gefühlten Ewigkeit geht die Tür wieder auf, die Sicherheitsleute treten ein und neben ihnen Marco und zwei weitere unserer Männer. Marco beginnt sofort zu strahlen, kommt zu mir und umarmt mich. »Sieh an, wer wieder nach Hause gefunden hat.« Er gibt mir einen Kuss auf die Wange und deutet unseren Männern, meine Rücksäcke zu nehmen.

»Ich hoffe wirklich, ihr habt sie gut behandelt, euch muss doch klar sein, wer sie ist!« Diese Drohung ging an das Sicherheitspersonal, dann sieht er wieder zu mir und deutet mir, mit ihm zu kommen. Auch wenn so einiges passiert ist, gibt es einige Männer der Scaranos, die ich schon ewig kenne und sehr mag, dazu gehört Marco, bei dem ich mich gleich einhake. »Tut mir leid, dass ich abgehauen bin, ich konnte nicht anders und ...«

Vor dem Flughafen stehen zwei unserer schwarzen Limousinen. Marco öffnet mir seine Beifahrertür, die anderen Männer gehen zu den hinteren. Alle Menschen hier auf dem Flugplatz sehen sich neugierig zu uns um, ich bin zurück in Italien. Ohne Zweifel.

Marco steigt ein und startet gleich den Motor. »Ach damit habe ich fast gerechnet. Ich habe niemals geglaubt, dass du Lorenzo heiratest. Michele dachte immer, er hat dich im Griff, doch das hatte er nie ...«

Marcos Stimme wird leiser und auch ich schlucke schwer. Auch Michele war mein Bruder, anders als Matteo, doch auch er war auf eine schräge Art und Weise ein Teil von mir. »Wie geht es Mama und Papa und stimmt alles so, wie es die Presse sagt? Wie geht es jetzt weiter ... was ...?«

Tausende Fragen, die sich den ganzen Flug über in mir gebildet haben, liegen mir auf der Zunge. Marco fährt zu unserem Anwesen in Neapel, was ich nie wieder betreten wollte.

»Nicht gut. Deine Mutter ist nur noch ein Schatten ihrer selbst, sie hat ihre beiden Söhne verloren. Sie hat auch darunter gelitten, dass du weg warst, doch wenn Michele sauer war und über dich hergezogen ist, hat sie immer gesagt, dass sie froh ist, dass du irgendwo bist und ein glückliches Leben führst.«

Mir fallen viele kleine Steine vom Herzen, der Gedanke, meine Eltern zu verletzten, hat mich die ganze Zeit am meisten belastet.

»Dein Vater hat sich noch immer nicht ganz erholt, die beiden haben die meiste Zeit in Rom in eurem Haus gelebt und sich zurückgezogen. Michele und Lorenzo haben in der Zeit hier … einiges getan. Sie sind viel in Italien unterwegs gewesen, haben versucht, die Rebellen zurückzuschlagen und haben viele neue Geschäfte gestartet, Geschäfte, mit denen Matteo nicht mehr viel zu tun haben wollte …«

Mein Blick gleitet über die Landschaft Italiens. Ich kann mir vorstellen, was für Geschäfte, ich kenne die Gerüchte um Lorenzo gut genug.

»Es war viel zu tun, mehrere unserer Männer haben sich von Michele abgewandt, wir sind geblieben, irgendwie hatten wir gehofft, dass er sich nach einiger Zeit in die Arbeit einfindet, Matteos Weg einschlägt, doch es kam nicht dazu. Seine Frau haben wir kaum gesehen, es war eine große Hochzeit, dann hat er sie immer im Haus gehalten. Auch wenn sie mit auf Reisen gekommen ist, hat man sie nur kurz gesehen. Ich habe nie ein Wort mit ihr gesprochen, sie war noch sehr jung. Lorenzo und Michele waren gerade mit ein paar Männern in Florenz, als sie ihn in der Nacht erschossen hat. Er wurde gestern hierher überführt, auch deine Eltern sind jetzt hier in Neapel, er soll bei Matteo beerdigt werden.«

Meine Brust fühlt sich viel zu eng an. »Das ist gut so. Was ist mit der Frau und Lorenzo?« Marco fährt an der Kirche vorbei, wieder muss ich an Natale denken und rutsche unruhiger auf dem Platz hin und her. »Sie wurde auch in Florenz festgehalten, nachdem die Polizei sie gefunden hat. Sie soll in zwei Tagen hierher gebracht werden und dann will sich Lorenzo um sie kümmern. Ich weiß nicht, was aus ihr wird oder wieso sie das getan hat, aber wir beide kennen Michele, sie wird vielleicht … was mit Lorenzo ist, weiß keiner. Er ist auch gerade hier, dein Vater hat angekündigt, dass sich alle nach der Beerdigung zusammensetzen und die Zukunft der Scaranos besprechen, doch keiner weiß genau, was jetzt passieren wird.«

Ich nicke nur leicht, das habe ich mir gedacht. Das hat meinen Entschluss zu kommen gefestigt.

Wir fahren im selben Moment auf unser Grundstück ein. Ich sehe zu den Häusern, das, in dem Elisa und ich zusammen gelebt haben, in dem mich Michele eingesperrt hat, als ich nicht mehr wollte wie er.

Das Haus, in dem Samara und ihr ungeborenes Baby solch einen schrecklichen Tod gefunden haben. Mein Magen rebelliert und ich bekomme eine Gänsehaut, ich sollte nicht hier sein und doch muss ich diesen Versuch wagen. Hiermit kann ich vielleicht endlich einen Weg aus dem Wahnsinn raus aufweisen, den ich all denen schulde, die hier so sehr gelitten haben.

Sobald wir halten, sehe ich auf Lorenzo, der mit zwei seiner Männer an einem goldenen Porsche lehnt und aufmerksam zu unseren Wagen sieht.

Marco öffnet mir die Tür und bleibt fest an meiner Seite, als Lorenzo auf uns zukommt. Neugierig wie damals blicken seine dunklen Augen an mir herab, er trägt einen feinen Anzug und einen Wollmantel darüber, in seinem Mund eine Zigarre. Noch immer erkenne ich die Grausamkeit in seinen

Augen, auch wenn er mich von oben bis unten interessiert mustert.

»Alea, Alea, ich hätte nicht gedacht, dass du zurückkommst, doch es ist mir eine Ehre, dich wieder hier begrüßen zu dürfen.«

Sobald er bei mir ist, nimmt er meine Hand und gibt einen Kuss darauf. Er begrüßt mich in meinem Elternhaus? Er scheint sich ziemlich sicher zu sein, dass er weiter einen Platz hier haben wird.

So wütend ich auch gleich wieder bin und so viel Ekel mich auch überkommt, zwinge ich mich zu einem Lächeln.

»Lorenzo, wie nett, dass du mich in meinem eigenen Haus begrüßen möchtest.«

Lorenzo strahlt mich an. »Mein aufrichtiges Beileid wegen Michele. Ich weiß, dass ihr nicht das beste Verhältnis hattet, doch es ehrt ihn, dass du gekommen bist, um Abschied zu nehmen. Danach können wir sehen, wie es weitergeht mit den Scaranos, ich denke, das wird für alle hier von Bedeutung sein.«

Sein Blick durchbohrt mich und nun setze ich ein echtes Lächeln auf meine Lippen und sehe ihn ernst und voller Hass an.

»Genau deswegen bin ich hier!«

Kapitel

4

»Miss Genova, haben Sie mir zugehört?«

Erschrocken sehe ich zu der Sekretärin. Nach meinen Vorlesungen bin ich direkt in das Büro gegangen. Als ich vor sechs Monaten hergekommen bin und mich vom Onlineunterricht zu normalem Unterricht sowie einem Platz im Wohnheim umgemeldet habe, war das kein Problem. Nash hatte sich damals ohne mein Wissen darum gekümmert. Erst einmal für das nächste Semester, das nun bald endet. Deswegen wollte ich wissen, wie es weitergeht. Was ich tun muss, um ein Stipendium zu bekommen wie an meiner ersten Universität.

Die Sekretärin hat nur kurz in meine Akten gesehen und gesagt, dass bereits für das gesamte nächste Semester alles bezahlt und geklärt ist.

Natürlich weiß ich, wer dahintersteckt. Ich war so in meine Gedanken versunken, dass ich gar nicht bemerkt habe, dass sie weiter mit mir gesprochen hat.

»Ja, Entschuldigung, aber kann ich das ändern lassen? Ich möchte gerne selbst für mein Studium aufkommen, nebenbei jobben und ein Stipendium beantragen, ich hatte bereits eins und ...«

Die etwas ältere Frau legt meine Akte wieder weg. »Das verstehe ich, doch erst einmal kann man nichts machen. Es wurde alles für sie geregelt und bezahlt, wenn sie also ein Stipendium beantragen würden, würde man dem nicht stattgeben, da ja jemand bereit ist zu zahlen. Aber für das nächste Semester können sie das gerne so eintragen lassen und ab dann selbst dafür aufkommen.«

Die Studenten hinter mir sehen mich verwundert an, sie kämpfen um jeden Cent und ich will mir nicht die Gebühren für mein Studium zahlen lassen, ich verstehe die Blicke, doch sie kennen die Geschichte dahinter nicht.

»Bitte tragen sie es ein und danke für Ihre Mühe.« Mehr als ein verwundertes Augenhochziehen und dass sie einen Vermerk in meiner Akte macht, bekomme ich von der Frau nicht mehr, doch das reicht mir auch.

Sarah steht vor dem Sekretariat und wartet auf mich. Mit ihr und einigen anderen Studenten habe ich mich hier angefreundet. Wir verbringen viel Zeit miteinander am Campus, lernen gemeinsam und gehen zusammen feiern. Sie wissen kaum etwas über mich, doch das stört sie nicht weiter. Mir tut es einfach nur gut, jemanden um mich herum zu haben, der nicht ständig fragt, was mit den Scaranos oder den Rebellen ist, sondern mit mir über die letzten Kurse und die Professoren lästert. Vielleicht etwas oberflächlich, doch nachdem ich wochenlang jeden Tag erlebt habe, als wäre ich in einer Achterbahn der Gefühle, tut das Einfache, Belanglose gut.

»Da bist du ja. Hast du es geschafft, die Kontrolle über dein Leben zurückzubekommen?« Ich habe ihr gesagt, dass mein Exfreund das erste Semester gezahlt hat und dass ich das nun selbst übernehmen will, also schüttle ich frustriert den Kopf. »Nein, er hat sich auch um das nächste Semester gekümmert ...«

Wir laufen zusammen aus dem Bürotrakt der Universität. Die verschiedenen Gebäude der Uni sind sehr alt und verwinkelt, man braucht eine Weile, um sich zurechtzufinden, doch mittlerweile liebe ich es hier. Sarah unterbricht mich. »Also der Typ, der wie du sagst dir als erster Mann wirklich etwas bedeutet hat, der, der dir ständig Blumen schickt und auch dein Studium bezahlt ... ist wirklich dein Ex?« Am liebsten würde ich die Augen verdrehen, doch natürlich versteht man das nicht, wenn man nicht die gesamte Geschichte kennt.

»Ja, das ist er. Das ist eine lange Geschichte, was wolltest du mir noch einmal sagen wegen heute Abend?« Zum Glück ist Sarah sehr schnell abzulenken. Sie hält strahlend zwei neongelbe Bändchen hoch. »Heute Abend steigt eine Mega-Party in einem alten Bunker. Es soll der Wahnsinn sein, durch die Räume hallt die Musik wieder wie sonst nirgends, glaub mir, für diese Bändchen töten manche, doch ich gebe dir auch so eines. Marcelo besteht darauf, dass wir mitkommen, ich denke eher du, du weißt, dass er auf dich steht, oder? Mir ist klar, dass du ihn bewusst ignorierst, aber du bist doch nicht blind? Vielleicht kann das deinem Ex ...«

Mein Handy piept. Um mich immer erreichen zu können, hat Apollo mir ein neues Handy besorgt, die Nummer haben nur Maria, mein Vater, Apollo, Viola und Shayla und ein paar Studenten, außerdem die Uni, ich muss immer erreichbar sein, falls sie etwas Wichtiges zu klären haben. Es ist aber nicht mehr so, dass ich mein Handy wie früher nutze, um immer auf dem Laufenden zu sein und die Leute an meinem Leben teilhaben zu lassen. Ich benutze es kaum und es klingelt auch nur selten, hin und wieder schreibe ich mit Viola und Shayla, doch Viola war erst gestern ...

'Ich warte vor der Uni'

Eine unbekannte Nummer.

Sofort beginnt mein Herz schneller zu schlagen. Dafür kann es nur zwei Erklärungen geben: Entweder haben mich die Scaranos gefunden, wobei ich bezweifle, dass sie mich suchen oder sich auch noch schriftlich vorher ankündigen würden, oder ... Ohne weiter auf Sarah zu achten, gehe ich durch den kleinen parkähnlichen Campus zu dem verschnörkelten Zaun und sehe direkt in Nashs dunkle Augen, die mich sofort entdecken.

»Sag nicht, dass das dieser Ex ist. Wenn, dann zweifle ich wirklich an deinem Verstand. Er ist heiß, er ...«

Weder habe ich gemerkt, dass Sarah mir gefolgt ist, noch will ich ihr darauf antworten. »Ich komme gleich.«

Ohne auf ihre Antwort zu warten, verlasse ich das Uni-gelände und gehe zu Nash, der gegen einen der Jeeps der Rebellen gelehnt steht und mir entgegensieht.

Das ist gar nicht gut. Bisher stand er mir erst einmal wieder gegenüber und da konnte ich ihm kaum in die Augen sehen. Mich hat das stark zurückgeworfen, doch gerade ist mir das egal, ich bin wütend, die Sehnsucht schlägt langsam in Wut um, sodass ich mich genau vor ihn stelle und ihm in die Augen sehe.

Natürlich hat Sarah recht, allein wie Nash hier steht, in sei-ner blauen Jeans, mit einem türkisfarbenen Hoodie, er trägt eine dicke Jacke und steckt sein Handy darin ein. Diese Augen, ich atme noch einmal tief durch und sehe an ihm vor-bei, ob noch jemand hier ist, doch er scheint allein zu sein.

Auch sein Blick gleitet an mir herunter. Heute Morgen waren wir auf einer Ausstellung mit meinem ersten Kurs, sodass ich etwas mehr geschminkt bin, einen feinen Dutt tra-ge, mir aber inzwischen wieder einen dicken Wollpullover und Leggins angezogen und meine dicksten Winterboots überge-streift habe.

»Was tust du hier?« Noch bevor er seinen Mund öffnen und etwas sagen kann, gehe ich ihn wütend an.

»Hey, wie geht es dir? Gut, und dir? Auch gut, was machst du so … Sind wir über diesen Punkt schon hinaus?«

Nash verschränkt die Arme vor der Brust und versucht mir in die Augen zu sehen, doch mein Blick gleitet gleich wieder an ihm vorbei auf die Straße.

»Das sind wir tatsächlich, ich wüsste nicht, warum dich noch interessieren sollte, wie es mir geht, also weswegen bist du hier?«

Nash lacht bitter auf.

»Denkst du das wirklich, Elisa? Dass du mir egal bist? Ich weiß immer, wie es dir geht und was du tust, weil es mir wichtig ist, weil du mir wichtig bist, das hat sich nicht geändert, das …«

Ich hebe meine Hand, ich kann mir das nicht anhören.

»Warum bist du hier, Nash?«

Einen Moment schweigt er, ich spüre seinen Blick brennend auf mir, doch ich weiche ihm weiter aus.

»Ich bin hier, weil Alea zurück ist. Ich wollte es dir sagen. Wir wissen noch nicht, was sie will oder vorhat, doch ich denke, du solltest es wissen.«

Das … nun sehe ich ihm doch in die Augen.

»Und deswegen bist du gekommen und fast zwei Stunden gefahren? Dir ist schon bewusst, dass ich einen Fernseher und Internet habe, ich meine, immerhin zahlst du dafür, da solltest du das eigentlich wissen. Und da wir schon dabei sind: Lass es. Ich werde in Zukunft alleine für mein Studium aufkommen, danke für deine Hilfe, aber ich brauche sie nicht und ich habe dich niemals darum gebeten. Außerdem brauchst du mir keine Blumen zu schicken, ab jetzt werde ich alle Blumen von dir verschenken.«

Ich werde immer wütender.

»Nash, ich weiß nicht, was du dir denkst. Ich war bereit, alles zurückzustecken, bei dir zu bleiben und uns eine Chance zu geben. Doch du wolltest das nicht. Du hast mich weggeschickt, du hast mich von dir gestoßen. Ich habe gelernt, damit zu leben, also belasse es dabei. Ich brauche jetzt auch keine Hilfe mehr von dir, nichts mehr, kein wie geht es dir, keine Blumen, keine Nachrichten … Woher hast du eigentlich meine Nummer?«

Ich sehe, dass meine Worte Nash treffen, genau das macht mich noch wütender, wieso jetzt? Wieso trifft es ihn jetzt? Genauso haben mich seine Worte, seine kalten Blicke, seine Gleichgültigkeit damals getroffen.

Er will etwas sagen, doch nichts kann diese Situation besser machen, also lasse ich es erst gar nicht zu.

»Es ist egal, auch das ist im Grunde egal. Damals hast du mir wehgetan, es hat mir wehgetan, dass du mich von dir gestoßen hast. Auch wenn du denkst, dass du deine Gründe dafür hattest, hat es wehgetan. Trotzdem wollte ich mit dir sprechen, alles klären, doch du hast mich abgewiesen. Erwarte nicht von mir, dass ich es jetzt tue, sechs Monate später, nur weil du denkst, dass du jetzt dazu bereit bist. So läuft das nicht. Mir geht es gut, für mich gibt es da nichts mehr zu sagen.«

Mit diesen Worten drehe ich mich um und gehe zurück zum Campus, doch noch einmal holt mich Nashs raue Stimme ein.

»Du hast recht, ich habe damals einen Fehler gemacht, ich verstehe, dass du wütend bist, doch dass ich dir mittlerweile egal bin oder dass es dir gut geht und du nicht genau wie ich jeden verdammten Tag an uns beide denken musst, glaube ich dir erst, wenn du es auch schaffst, mir in die Augen zu sehen, während du mich fortschickst. Denk das nächste Mal daran.«

Ich bleibe stehen und schließe die Augen, während ich höre, wie er einsteigt und der Motor mir verrät, dass er wegfährt. Genau in dem Moment kommt ein Lieferant auf mich zu und überreicht mir einen riesigen Strauß roter Rosen.

»Miss Genova? Ich suche sie schon überall, ihre Freundin hat mir verraten, wo ich sie finde, ich bekomme noch eine Unterschrift, die Blumen sind von ...«

Ich wirble zum wegfahrenden Jeep um, ich bin mir sicher, dass Nash sehen kann, wie ich seine Blumen bekomme und wieder sein freches Grinsen im Gesicht hat. Ich nehme die Blumen und atme wütend aus.

Auch das wird mich wieder zurückwerfen.

Kapitel

5

»Mein Beileid.«

Ich nicke dem Mann zu, den ich schon einige Male mit Matteo oder Michele gesehen habe, dann seiner Frau. »Ihr Bruder war ein großer Mann.« Mehr oder weniger, ich nicke wieder, zwinge mir ein Lächeln ab und sehe entnervt zu Lorenzo, der neben mir stehengeblieben ist und genau wie ich Beileidsbekundungen annimmt. Er gehört nicht zur Familie, was soll das?

Meine Eltern sind schon zurück nach Hause gefahren. Da dieses Mal alles anders gelaufen ist und Michele erst hierher überführt werden musste, läuft alles anders. Statt vorher in der Kirche, kommen jetzt alle hierher, um ihre Beileidsbekundungen auszusprechen. Dass ich zurück bin und dass sie ihren

51

letzten Sohn verloren haben, hat meine Eltern tief getroffen, gestern hat mich meine Mutter nur im Arm gehalten, genau wie mein Vater. Ständig kamen Blumen an, Leute, die etwas wollten, wir konnten noch nicht viel miteinander sprechen, doch ich habe gespürt, wie kaputt sie sind und habe sie mit einigen Männern nach Hause geschickt. Das Letzte, was wir brauchen, ist, dass mein Vater einen Rückfall bekommt. Seinem Herzen geht es immer noch nicht gut genug, um all das ertragen zu können, deswegen hat er meine Mutter auch direkt nach der Beerdigung nach Hause begleitet.

Nun stehe ich hier, das erste Mal in meinem Leben für die Scaranos und nehme die Beileidsbekundungen entgegen. Meine Brüder hätten das niemals zugelassen, sie hätten mich genauso nach Hause geschickt, doch nun kann mir das keiner abnehmen.

Mein Blick gleitet immer wieder zu Lorenzo, zumindest keiner, der dazu berechtigt wäre. »Was tut er hier?« Marco, der genau neben mir steht, sieht auch zu Lorenzo. »Er war die letzten Monate fast täglich mit Michele zusammen, er gehört nun zu den Scaranos, zumindest kann man es so sehen. Er wird es so sehen.« Niemals! »Was ist mit seiner Schwester? Wo ist sie jetzt? Kümmert er sich um sie?«

Weitere Leute kommen zu mir, reichen mir ihre Hand, ich nicke und lächle, doch meine Aufmerksamkeit liegt zwischen Marco und Lorenzo. Ich spüre auch immer wieder seinen Blick auf mir. »Soweit ich weiß, hat er veranlasst, dass sie hier in das Gefängnis von Neapel gebracht wird. Im Grunde hat er die Macht, sie da rauszuholen. Du weißt, dass Michele und Matteo unsere Männer, wenn sie mal verhaftet wurden, mit ein paar Anrufen rausbekommen haben, doch bisher hat er noch keine Anstalten dazu gemacht. Vielleicht weiß er, dass sie hier draußen nur der Tod erwarten würde, immerhin hat sie einen der wichtigsten Männer Italiens getötet. Dein Vater würde nur zu gerne Rache nehmen und das weiß er.«

Auch darüber habe ich viel nachgedacht. Die letzten Menschen gehen an uns vorbei. Nun ist der Friedhof wieder leerer, ich gehe noch einmal zu den Gräbern meiner Brüder, die nun nebeneinander liegen. Ein Baum wächst neben ihnen, meine Mutter hat das bewusst so gewählt, der Baumstamm soll ihre Gräber vor Wind schützen, der heute besonders kalt über das Land weht und im Sommer sollen die Blätter den Gräbern Schatten spenden.

Hockend drapiere ich die Blumengebinde und Kränze ordentlich, ich kann die beiden frechen Jungen, die sie einmal waren, quasi vor mir sehen. Ich werde sie vermissen, diesen Teil von ihnen werde ich immer vermissen, doch nicht die Männer, die sie geworden sind. Trotzdem wische ich mir zwei Tränen weg, bekreuzige mich und drehe mich dann um.

Hinter mir warten Marco und zwei unserer Männer, genau wie Lorenzo und ein ganzer Haufen seiner Männer auf mich. Am liebsten würde ich Lorenzo einfach komplett ignorieren, doch sobald ich mich in Richtung der Männer bewege, kommt er mir entgegen. Zu meiner Verwunderung bewegt auch Marco sich, sodass sie beide sich gleichzeitig zu mir stellen. Diese kleine bedeutende Geste scheint nicht nur mir aufgefallen zu sein, Lorenzo hebt die Augenbrauen und sieht einen Moment zu Marco und dann zu mir.

»Noch einmal mein herzliches Beileid, Alea. Ich weiß, dass du damals von der Vereinbarung zwischen deinem Bruder und mir nichts gehalten hast, doch ich hätte mir gewünscht, dass du mich wenigstens etwas besser kennengelernt hättest. Ich bin nicht so schlimm wie mein Ruf. Wir müssen jetzt überlegen, wie es mit den Scaranos vorangeht, dafür würde ich dich gerne zum Essen einladen, nicht heute, ich respektiere die Trauerzeit, aber wir sollten es bald tun.«

Wenn ich nicht all die schrecklichen Dinge von ihm gehört hätte, wäre Lorenzo mir in diesem Moment tatsächlich sympathisch, sein Lächeln wirkt echt, doch ich weiß, wieso ich hier bin. Das bedeutet aber auch, mich mit ihm auseinanderzusetzen, dafür brauche ich allerdings erst einmal eine genaue Übersicht über alles, was hier vor sich geht.

»Das können wir gerne machen. Ich werde mich mit meinem Vater zusammensetzen und dann werden wir, er und ich, entscheiden, wie es weitergeht.« Lorenzo hebt die Augenbrauen und nun lächle ich.

»Danach können wir uns gerne zusammensetzen und ich werde dir davon berichten ...« Lorenzo öffnet seinen Mund, mir ist klar, dass er denkt, er hätte ein Mitspracherecht, was die Zukunft der Scaranos betrifft, doch das hat er nicht und das werde ich ihm auch klarmachen. Somit lasse ich ihn erst gar nicht zu Wort kommen, sondern nicke noch einmal und gehe an ihm und seinen Männern vorbei. Marco und die beiden Männer der Scaranos bleiben bei mir.

»Ich werde mich jetzt um meine Familie kümmern, wir melden uns bei dir, Lorenzo!«

Mehr habe ich nicht zu sagen und er hat keine andere Wahl, als es zu akzeptieren.

Marco öffnet mir die Tür zum hinteren Bereich von einem der zwei Autos, die noch hier stehen. »Sei vorsichtig, Alea, unterschätze Lorenzo nicht, er mag sich nett vor dir geben, doch glaube mir, ich habe die letzten Wochen viel Zeit mit ihm verbracht. Er ist unberechenbar.«

Marco steigt vorne ein und gibt Gas. »Das ist mir bewusst, ich bin nicht hier, um mich von ihm um den Finger wickeln zu lassen.« Wir fahren direkt zurück zu unserem Anwesen, genau in diesem Moment beginnt es zu regnen. »Das weiß ich, doch ich sehe, dass er dich will. Dass Michele tot ist, ist für ihn gar nicht so schlecht, wenn du zurück bist. Er will dich und er will die Macht, und diese Kombination ist tödlich.«

Mein Blick gleitet aus dem Fenster. Ich hatte es geschafft, ich war sicher in Puerto Rico und konnte das Leben leben, was ich immer wollte und doch bin ich, ohne auch nur zu zögern, zurückgekehrt. Vielleicht hatten meine Brüder gar nicht so unrecht, wenn sie mir immer wieder gesagt haben, dass all das in mir steckt und dass ich mich nicht ewig davor drücken kann.

Jetzt kann ich es nicht mehr.

Es dauert einige Minuten, bis wir bei uns einfahren, wir müssen wieder an der Kirche vorbei und erneut kehren meine Gedanken zu Natale zurück, zu seinem Lächeln, wenn er mich angesehen hat, '*du hast mir gefehlt, Sturkopf*', und doch liegen mir seine anderen Worte noch schwerer im Magen. '*Kein Scarano wird jemals von mir Gnade erwarten können.*' Ich hätte nicht gedacht, dass ich jemals wieder an diese Worte zurückdenken muss.

Bis wir angekommen sind, schweigen Marco und ich, wir beide wissen, wie ernst die Situation ist.

Zu Hause warten meine Eltern auf mich, alle anderen verlassen das Haus, um unsere Trauer nicht zu stören. Wie es bei uns üblich ist, gibt es das Lieblingsessen von Michele, um damit an die Freuden seines Lebens zu erinnern. Marco will sich verabschieden, weil bei solchen Gelegenheiten nur die Familie zusammenbleibt, doch ich deute ihm, sich auch zu setzen.

»Bleib, du solltest dabei sein, wenn mein Vater und ich darüber sprechen, was nun passieren wird.«

Meine Mutter setzt sich neben mich und greift nach meiner Hand, während mein Vater uns allen von dem Braten abschneidet. »Nicht heute, Alea, das hat Zeit ...« Doch mein Vater unterbricht sie. »Nein, sie hat recht, wir können nicht lange warten. Alle sehen genau zu uns und zu unseren nächsten Schritten. Marco und ich haben schon darüber gesprochen, welches die Optionen sind.«

Ich tue mir und meiner Mutter von den Beilagen auf und gebe die Schüssel an Marco weiter. Wenn es einen Mann gibt, dem ich von den Scaranos vertraue, dann ihm. »Und was habt ihr euch gedacht, Papa? Was soll jetzt passieren?« Das frage ich mich schon die ganze Zeit. Was hätte mein Vater getan, wenn ich nicht zurückgekommen wäre?

»Viele Optionen haben wir nicht. Ich werde wieder die Stelle als Anführer annehmen. Die Geschäfte mit Lorenzo sind zu viel geworden. Die Scaranos waren niemals unschuldig, doch das, was die letzten Wochen passiert ist, war zu viel. Ich werde ...«

Genau das habe ich befürchtet.

»Du, Papa? Papa, wir sind unter uns. Du hast nicht mehr die Kraft dafür. Du hast deine zwei Söhne an diese Geschäfte, an dieses Leben verloren. Wir haben sie verloren. Du hast deine Gesundheit eingebüßt und jetzt willst du das weiterführen, um dann so schnell wie möglich deinen Söhnen zu folgen?«

Meine Mutter neben mir bekreuzigt sich und sieht aufgeregt zwischen meinem Vater und mir hin und her. »Alea, du verstehst nicht ...« Nun ist es an der Zeit einzugreifen.

»Doch, ich verstehe sehr gut, Papa. Ich verstehe, dass du dieses Leben, die Scaranos nicht aufgeben möchtest, doch genau deswegen bin ich hier. Ich werde nicht dabei zusehen, wie wir dich auch noch verlieren und wenn, hast du dann mal darüber nachgedacht, was aus Mama wird?«

Marco sieht zwischen uns allen hin und her, meine Mutter rutscht unruhig auf ihrem Stuhl herum und mein Vater sieht mir in die Augen.

»Wenn du die Geschäfte weiterführst und deinem Herzen weiter schadest und das nicht gut geht, dann werden spätestens einen Tag nach der nächsten Beerdigung die Leute hier einfallen und alles zerstören und töten, was von den Scaranos übrigbleibt. Sie werden Mama vertreiben und uns nichts zurücklassen, wenn sie so gnädig sind und sie gehen lassen, und dabei reden wir nicht nur von den Rebellen oder den anderen Familias. Es gibt einige, die unserer Familie beim Zerfall zusehen wollen, sie warten nur darauf und du spielst ihnen so in die Arme.«

Mein Vater nimmt einen Schluck Wein, ich bin mir sicher, dass er das nicht trinken darf, doch ich werde ihn nicht ermahnen, nicht in diesem Moment. Das, was ich ihnen zu sagen habe, wird schwer genug für sie alle hier sein.

»Was hast du dann vor, Alea? Ich sehe doch, dass du schon etwas geplant hast.« Mein Vater sieht mich erwartungsvoll an und auch Marco legt sein Besteck beiseite. »Ich will nicht sagen, dass du unrecht hast, Alea, es sieht nicht gut aus, doch was schwebt dir vor? Was haben wir für andere Optionen?«

Mein Herz schlägt schneller, ich weiß, dass das im Grunde keiner hören möchte und doch müssen sie es.

»Wir beenden diesen ganzen Wahnsinn endlich.« Mein Vater hebt die Augenbrauen, doch ich deute ihm an zu warten. Ich bin nicht einfach so hier, ich habe all das, was mir angetan wurde, nicht mitgemacht, um hier nur aus Spaß zu sitzen und mir mitanzusehen, wie mein Vater beginnt, diesen Wahnsinn ganz gegen die Wand zu fahren.

»Es ist Zeit, dass wir akzeptieren, dass die Ära der Scaranos vorbei ist.« Marco räuspert sich und ich sehe zwischen ihm und meinem Vater hin und her. »Im Grunde war es das schon, nachdem wir Matteo verloren haben. Das mit Michele war nur ein Aufschub und hat unsere Position verschlechtert. Es gibt im Grunde nur zwei Optionen: Wir beenden das Ganze hier und jetzt. Wir sorgen dafür, dass wir aus allem gut herauskommen. Mama und du ziehen dorthin, wo ihr wollt, mit euren vertrautesten Männern zum Schutz, doch ihr könnt endlich euer Leben genießen, das genießen, was ihr euch all die Jahre erarbeitet habt. Und wir sorgen dafür, dass der Name Scarano nicht ganz im Dreck untergeht. Wir sind nicht die erste Mafia-Familie, die sich zurückgezogen hat. Jetzt ist noch ein Zeitpunkt, wo man sich nicht wegducken muss, wenn man sagt, man ist ein Scarano, noch geht es, es ist möglich.«

Mein Vater und Marco haben beide aufgehört zu essen, ich sehe zu meiner Mutter, die strahlt, ich weiß, dass ihr die Aussicht darauf, endlich zur Ruhe zu kommen, gefällt.

»Die andere Option ist das, was du schon angesprochen hast: Du machst weiter, wir verlieren noch das letzte bisschen Ansehen und Respekt, du arbeitest dich noch kränker, Lorenzo zieht uns immer mehr in seinen Wahnsinn hinein und am Ende bleibt nichts mehr von den Scaranos übrig.«

Mein Blick gleitet zu meinem Vater, doch Marco ist es, der als Erster das Wort wieder ergreift.

»Ich würde lügen, wenn ich nicht auch bereits darüber nachgedacht hätte. Ich denke, man könnte das hinbekommen, viele unserer Männer sind bereits gegangen in den letzten Monaten, einige stehen bereits mehr zu Lorenzo als zu uns, und wie Alea es sagt, der Kern kann euch begleiten und die wenigen legalen Geschäfte, die noch laufen, betreiben. Die anderen Männer bekommen eine Abfindung, viele gehen nach Hause, andere schließen sich anderen Familien an, doch es würde unserem Ansehen nicht schaden, es rechnen eh einige damit. Am Ende liegt die Entscheidung bei dir, Ozias. Wir stehen hinter dir, wie wir es immer getan haben, egal wie du dich entscheidest.«

Bevor mein Vater etwas sagen kann, erhebe ich noch einmal das Wort. »Wie gesagt, Papa, ich wünschte, es wäre anders, aber ich bin hier, um dafür zu sorgen, dass ich nicht auch noch meinen Vater verliere an dieses … Leben. Es gibt eh keine weitere Möglichkeit, mit dir stirbt die Familie Scarano aus. Es gibt keine Nachkommen, nichts. Idioten wie Lorenzo krallen sich alles unter den Nagel und lassen die Menschen so auf uns zurückblicken. Jetzt hast du es noch in der Hand, selbst zu entscheiden, wie es endet, irgendwann nicht mehr. Ich weiß, dass das hart ist, aber irgendwann ist man an einem Punkt im Leben, wo man Dinge enden lassen muss. Du bist nicht der erste Mann, der sich zurückzieht, und es hat keinem von ihnen geschadet.«

Das ist tatsächlich so, es gibt einige große Mafiagrößen, die sich mit dem Alter zurückgezogen haben und wenn sie keine Nachkommen hatten, die es weiterführen könnten, ist die Ära der Familia zu Ende gewesen, doch niemals blickt man abwertend auf sie zurück, so ist es eine elegante Art, all das zu beenden, alles andere kann nur grausam enden.

»Was sagst du dazu, Mama?« Ich spiele auch noch diese Karte aus, weil ich unbedingt möchte, dass mein Eltern sich zurückziehen und ihr Leben in Ruhe genießen können.

Meine Mutter legt ihre Hand auf meine und sieht auch zu meinem Vater.

»Alea hat recht, amore. Ich habe keine Kraft mehr, für all das nicht mehr. Ich will weg, lass uns ans Meer ziehen, alle anderen Anwesen verkaufen wir. Wir haben noch Alea, die uns mit unseren Enkeln besuchen kommt, ich will das nicht aufs Spiel setzen. Es ist Zeit. Wir haben uns diese Ruhe verdient, denkst du nicht auch?«

Mein Vater sieht zwischen meiner Mutter und mir hin und her.

»Wir haben nicht die Möglichkeit, alles einfach zu beenden, die Rebellen, die Politik, Lorenzo, es gibt genug, die uns nicht einfach davonkommen lassen, wir müssen ...«

Ich lächle, er ist nicht abgeneigt. »Darum kümmere ich mich. Wir werden morgen verkünden, dass ich die Nachfolge der Scaranos antrete, dann nehme ich Kontakt zu den Rebellen auf. Ich werde mit ihnen verhandeln, wir ziehen uns zurück und sie lassen uns in Frieden, so haben wir alle etwas davon, das Gleiche gilt für die Politik, ich werde mich auch mit dem Präsidenten und mit Lorenzo hinsetzen, das war mein Plan. Ich werde das alles für dich regeln, Papa, doch ich brauche dafür dein Okay, dass du bereit bist, dich mit den Scaranos zur Ruhe zu setzen, um endlich den Rest deines Lebens in Frieden zu genießen.«

Mein Vater legt den Kopf schief. »Wie willst du das machen, Alea? Du kannst dich nicht mit den Rebellen an einen Tisch setzen und ...« Er hat keine Ahnung. »Sie kennen mich, Papa und ich kenne sie, ich weiß, dass das nicht leicht wird, doch ich kann es probieren. Sie werden mir nichts tun, darüber brauchst du dir keine Sorgen zu machen. Was ist ...

bist du bereit für diesen Weg? Erst einmal bleibt alles unter uns, bis wir genau wissen, was alles klappt und was nicht, doch wenn, dann können wir alle hier zusammen darauf hinarbeiten.«

Ich sehe von meinem Vater zu Marco, der nickt. »Alea hat recht, es wäre das Beste und egal was sie vorhat, ich bleibe an ihrer Seite und unterstütze sie.«

Mein Vater nickt und atmet schwer aus, dann reibt er sich über die Augen.

»Ich will es ja nicht zugeben, doch es würde mir einige Last von den Schultern nehmen, wenn all das klappt. Ich glaube nicht daran, die Rebellen, der Präsident, Lorenzo, es wird nicht einfach, doch ich bin müde und lieber gehe ich müde und mit erhobenem Kopf, mit meiner Frau und meiner Tochter an meiner Seite, als in ein paar Wochen neben meinen Söhnen zu liegen und euch alleine in dem Chaos zurückzulassen.«

Er sieht zu Marco.

»Gebt heute noch bekannt, dass Alea meine Nachfolge antritt.«

Marco nickt und mein Herz beginnt wieder zu rasen.

Jetzt ist es so weit, ich bin hier, um das alles zu beenden.

»Mach einen Termin beim Präsidenten für mich, außerdem will ich Micheles Frau treffen …« Marco nickt und hebt dann die Hand.

»Auch das Treffen mit Lorenzo wird kein Problem, doch die Rebellen reden nicht mit uns, keiner von ihnen, sie werden einem Treffen niemals zustimmen.«

Wieder kommen mir Natales harte Worte hoch.

'Kein Scarano wird jemals von mir Gnade erwarten können.'

Jetzt werde ich nach über einem halben Jahr wieder vor ihm stehen, doch anders, als wir beide es uns jemals erträumt hätten und doch muss ich das tun. Eine Kälte durchfährt mich, weil ich weiß, dass ich keine Wärme mehr von Natale zu erwarten habe, doch wie schon so oft habe ich auch dieses Mal keine Wahl, nicht, wenn ich meinen Vater hier rausholen will.

»Sie werden mit uns sprechen, darum kümmere ich mich.«

Ich hebe mein Glas und sehe allen der Reihe nach in die Augen. »Darauf, dass wir aus Michele und Matteo gelernt haben und auf die friedliche Zeit, die vor uns liegt.« Das erste Mal kann ich wieder durchatmen, als alle mir zustimmen und wir anstoßen. Auf die neue Zeit und dass ich meine Eltern hier ohne Probleme herausholen kann.

Kapitel
6

Elisa

»Komm hier lang!«

Sarah und Martha ziehen mich den langen Flur entlang den hämmernden Bässen entgegen. Unsicher sehe ich mich um. Das hier scheint tatsächlich ein alter Schutzbunker zu sein, man würde ihn sogar am Tag und wenn er nicht mit Laternen und Schildern ausgewiesen wäre, garantiert übersehen. Es ist einfach nur ein großer Tunnel, der nach unten führt, auch hier im Tunnel selbst ist es unspektakulär. Es stehen vereinzelt alte Öllampen herum, damit man überhaupt etwas sieht.

Massive Wände und das Wissen, dass wir uns immer weiter nach unten unter die Erde begeben, lassen mich immer schwerer Luft bekommen. Ich hätte nicht mitkommen sollen.

Das Aufeinandertreffen mit Nash heute hat mich zurückgeworfen, wobei ich immer mehr spüre, dass ich mir da etwas vormache. Nur weil ich es mittlerweile besser schaffe, mich abzulenken und zu verdrängen, bedeutet das nicht, dass ich darüber hinweg bin, das hat sich heute deutlich gezeigt.

Den ganzen restlichen Tag stand ich neben mir. Eigentlich wollte ich den Abend in Ruhe verbringen, bin dann aber bei Sarah und Martha geblieben, während sie sich fertig gemacht haben. Die Musik lief laut, sie haben mit Champagner angestoßen und während ich ihnen versichert habe, dass sie gut aussehen, habe ich auf dem Boden gehockt und die halbe Flasche allein getrunken.

Dieser Tatsache und dass ich ein trübseliges Bild abgegeben haben muss, habe ich es zu verdanken, dass sie mich in ein enges schwarzes Kleid gesteckt haben, meine Haare gelockt, mich geschminkt und trotz meines Protestes mitgeschleppt haben.

Nach ein paar mehr Gläsern Champagner hat sich das auf dem Weg hierher, mit der lauten Musik, die wir mitgesungen haben, erst richtig angefühlt, doch jetzt hier unten spüre ich, dass ich immer weniger Luft bekomme und auch, dass der Champagner wirkt. Martha und Sarah eilen aufgeregt voran, für sie ist das alles aufregend, mich erinnert das an die Gänge unter der Kirche, aus der wir entführt wurden. Dieser Tag, der mich zu Nash gebracht hat, der mich von … ganz falsche Richtung, ganz falsch, ich muss atmen können, ich …

»Da wären wir!« Zwei Männer stehen vor einer runden schweren Steintür, die sie zur Seite schieben, das ist doch

Wahnsinn. Dahinter kommt uns die Musik wie eine dichte Wand entgegen, diese Steintür hat die Musik stark gedämpft.

In dem Raum hängen überall Diskokugeln und Lichter von der Decke, alles oldschool, doch genau deswegen so beeindruckend, keiner steht hier herum, alle tanzen. Frauen auf Rollerblades fahren mit Tabletts durch die Menge, es gibt eine Bar. Alle tragen die gleichen Armbänder wie wir. Hinter uns wird die schwere runde Steintür wieder zugeschoben und ich erinnere mich daran, dass ich schwer atmen kann.

Verdammt, mir ist echt nicht mehr zu helfen. Doch zum Glück muss ich gar nicht viel nachdenken, Martha und Sarah ziehen mich mitten in das Getümmel, es werden alte Hip-Hop-Lieder gespielt, nach 'In da Club' von 50 Cent kommt 'Mo Money Mo Problems' von The Notorious B.I.G und die Menge flippt aus. Ich lasse mich nur zu gerne mitreißen, es war doch eine gute Idee, herzukommen.

Weitere drei Lieder tanzen wir, dann flüchten Martha und ich auf die Toilette und überlassen Sarah einem sexy Flirt. Zum Glück erkenne ich die Hälfte des Campus hier und entspanne mich so lange, bis ich die einfachen Betontoiletten sehe und wieder eine enge Röhre, durch die wir gehen müssen.

Verdammt, ich muss einfach lernen, meine Gedanken auszuschalten zu können. Wieso schaffe ich es nicht einfach mal, alles abzuschalten? Martha will direkt wieder auf die Tanzfläche, ich sage ihr, ich besorge noch etwas zu trinken, bestelle drei Cocktails und dränge mich mit denen zurück auf die Tanzfläche.

Noch einmal tanzen wir mehrere Lieder. Sarah sagt uns irgendwann, dass sie mit dem Typen zurück zum Campus fährt, doch Martha und ich haben noch keine Lust, wir holen uns einen weiteren Cocktail und erst als ich den geleert habe, spüre ich langsam, dass ich viel zu viel Alkohol getrunken habe.

Ich ziehe mich in eine Sitzecke zurück und bestelle mir Wasser, was auch schnell die Übelkeit vertreibt. Als ich das erste Mal mein Handy aus der Clutch nehme, habe ich eine Nachricht. Sofort schlägt mein Herz schneller, doch dann sehe ich, dass sie von meinem Vater ist. Er fragt, ob es mir gut geht. Ich fluche leise auf und antworte ihm, dass es mir gut geht. Erst als ich sie abgeschickt habe, fällt mir ein, dass ich sie ihm nicht um drei Uhr morgens schicken sollte, doch nun es ist zu spät.

Trotz all der Ablenkung musste ich immer wieder heute Nacht daran denken, wie frech es ist, dass Nash mir vorwirft, dass ich nicht mit ihm rede oder ihm in die Augen sehen kann. Ich sollte es einfach sein lassen, doch ich kann nicht. Ich gehe auf seine Nachricht, die er mir gesendet hat.

'Ich warte vor der Uni'

Der Mann denkt auch wirklich, er kann sich alles erlauben.

'Nur damit du es weißt, es ist nicht fair mir vorzuwerfen, nicht mit dir zu sprechen, du hattest deine Chance. Ich habe dir mehr als einmal die Möglichkeit gegeben und damals war ich dir keine Antwort wert. Wieso sollte ich dir jetzt noch zuhören?'

Meine Finger sind schnell und meine Gedanken rasen sofort wieder, ich will weiterschreiben, ich könnte ihm so viel an den Kopf werfen, vielleicht würde das endlich die Kälte aus meinem Herzen vertreiben, doch ich belasse es dabei und sende die Nachricht ab.

Dann lehne ich mich zurück und schließe die Augen, das macht es nur schlimmer, alles dreht sich. Ich bemerke Celestine, die ein Zimmer neben mir wohnt. »Hey, gehst du nach Hause?« Neben ihr ist ein Student, den ich bisher noch nicht gesehen habe. »Ja, sollen wir dich mitnehmen?« Ich nicke und stehe auf. »Das wäre super, ich sage nur meiner Freundin Bescheid.« Celestine deutet nach oben. »Mach das, ich warte oben.«

Der Gedanke an mein Bett und Ruhe lässt mich trotz des Schwindels schnell die Tanzfläche absuchen. Martha hat weitere Studentinnen gefunden und sagt, dass sie noch bleibt und die beiden dann mitnimmt.

Auf dem Weg zum Ausgang vibriert mein Handy, es ist eine Nachricht von Nash.

'Du hast recht, das ist nicht fair'

Ich atme tief aus und will mein Handy gerade wegstecken, da klingelt es, es ist Nash. Wieso kann er es nicht dabei belassen? Einen Moment zögere ich anzunehmen, doch da ich ihm gerade noch geschrieben habe, ist es Unsinn, er weiß, dass ich wach bin und am Handy, er wird gesehen haben, dass ich seine Nachricht gelesen habe.

»Ja?« Ich nehme an, sobald ich vor der Steintür stehe und dagegenklopfe. Wie sollen die das eigentlich bei dieser Lautstärke hören?

»Wieso bist du so … wo bist du?« Ich atme genervt aus, diese Stimme, selbst durchs Telefon schafft er es, mich zu berühren. Auch bei ihm höre ich Stimmen, wahrscheinlich ist er irgendwo auf Patrouille.

»Ich bin auf einer Party und versuche zu verdrängen, dass mir jemand das Leben schwer zu machen versucht.«

Nash lacht leise auf. »Du übertreibst, ich wollte … bist du betrunken?« Panisch klopfe ich noch einmal gegen die Steintür, bis ich ein Seil bemerke, an dem ich ziehe und dann öffnet sich die Tür endlich. Nichts wie raus hier.

»Noch nicht genug!«

So schnell ich kann laufe ich durch den Gang zurück, doch er wirkt viel dunkler und mir wird immer schwindliger, sodass ich mich gegen die Mauer lehne und einen Moment die Augen schließe.

»Wo bist du, Elisa?«

»Das geht dich nichts an.« Ich höre ihn fluchen und wie seine Stimme dunkler wird, als müsste er sich zusammenreißen.

»Okay, ich finde es heraus, bleib wo du bist, ich bin nicht weit von deinem Campus entfernt und hole dich ab. Warte dort!«

Mit diesen Worten legt er auf und ich lache auf. Ich meine, klar, ich weiß, dass sie viel können, doch Nash sollte auch ein wenig auf dem Boden bleiben, wie soll er mich einfach so finden? Und wieso sollte ich auf ihn warten, das habe ich einmal getan und das werde ich garantiert nicht noch einmal tun.

Ich stecke mein Handy in die Clutch zurück und will weitergehen, doch bereue es sofort. Alles dreht sich, sofort lehne ich mich wieder gegen die Wand und atme tief aus. Dieses Mal schaffe ich es, die Augen zu schließen und es hilft. Ich warte einige Minuten, genieße die Ruhe hier im Gang, warte noch etwas und versuche dann weiterzugehen. Es geht, aber sehr langsam und nach einigen Schritten muss ich wieder warten.

Irgendwann kommt ein Pärchen und hilft mir hinaus, wo ich mich auf dem Parkplatz vor dem Bunker nach meiner Campus-Nachbarin umsehe, doch ich entdecke sie nicht. »Hey, du bist ja doch noch gekommen. Wir haben hier fast eine halbe Stunde gewartet, dann ist sie los, sie dachte, du hast es dir doch anders überlegt.«

Ein Mann steht plötzlich neben mir, ich sehe ihn an. Richtig, er war mit meiner Nachbarin zusammen. »Habe ich so lange gebraucht? Mir ist etwas schwindlig, ich wollte ...«

Die frische Luft lässt mich langsam wieder klarer denken. »Sie ist wie gesagt weg, aber ich wollte auch gerade los und kann dich mitnehmen, mein Auto steht da vorne.« Er deutet auf einen kleinen weißen Polo. Ich kenne den Mann nicht und auch wenn ich betrunken bin, kann ich noch klar genug denken, um genau zu wissen, dass das keine gute Idee ist.

»Das ist lieb, aber danke, ich werde zurückgehen und auf meine andere Freundin warten.« Ich lächle ihn noch einmal an, will mich umdrehen und zurück in diesen grausigen Tunnel, da greift der Mann nach meinem Arm. »Warte, das ist doch Unsinn, du kannst dich kaum noch auf deinen hübschen Beinen halten und ...«

»Du solltest lieber schnell die Finger von ihr nehmen, oder dein Abend endet überall, aber nicht in deinem Bett!«

Diese Stimme würde ich überall erkennen. In dem Moment, als ich mich zu Nash umdrehe, der aus einem der schwarzen Jeeps der Rebellen steigt, lässt der Mann mich schon schnell los. »Ich wollte nur helfen.«

Wo kommt er her? Ich habe ihn nicht ... wieder dreht sich alles, ich sehe an Nash hoch und runter, er trägt alles in schwarz. Obwohl er nichts mehr zu dem Mann sagt, verschwindet dieser genauso schnell, wie er gekommen ist.

»Vielleicht geht das auch etwas undramatischer. Woher wusstest du, wo ich bin ... oder weißt du was? Wahrscheinlich will ich das gar nicht wissen.« Nash kommt zu mir und sieht ebenfalls an mir hoch und runter. Er greift auch nach meinem Arm, doch anders als der Mann gerade. Ich sehe auf seine Hand mit dem tätowierten Kreuz, die zärtlich meinen Arm streift. Diese kleine Berührung lässt das Stechen in meiner Brust stärker werden und wieder senke ich den Blick, um ihn nicht ansehen zu müssen, damit es nicht noch stärker wird.

»Du bist eiskalt, Elisa, spürst du die Kälte nicht?«

Nein, tatsächlich nicht, ich hatte einen Mantel, wo haben wir unsere Mäntel gelassen? Nash zieht sich seinen Hoodie aus und stülpt ihn mir ungefragt über. Ich schlüpfe in seine

Ärmel, sein vertrauter Duft umhüllt mich und ich schließe einen Moment die Augen.

»Das brauche ich nicht, mir geht es gut. Du bist umsonst gekommen, ich brauche keine Hilfe.«

Die Wärme seines Pullovers und sein Duft katapultieren mich so weit zurück, dass ich es nicht verhindern kann, dass mir Tränen in die Augen steigen. Das erste Mal sehe ich Nash in die Augen, diese wunderschönen Augen, die sanft auf mir liegen. Er nickt und öffnet mir die Beifahrertür.

»Natürlich brauchst du das nicht und willst es schon gar nicht. Das weiß ich, ich bin trotzdem hier. Steig ein, Elisa, ich bringe dich zum Campus, ich werde nicht zulassen, dass du dich wegen des Fehlers, den ich gemacht habe, kaputt machst. Du kannst mir gerne alles an den Kopf werfen, was du willst, solange du bei mir in Sicherheit bist.«

Ich sollte stur sein und weggehen, doch ich bin zu müde und zu betrunken dafür, deswegen steige ich ein, lehne mich ins weiche Leder zurück und schließe erleichtert die Augen.

Nash steigt neben mir ein.

Er schaltet das Radio aus, dreht an einigen Reglern und es wird sofort wärmer im Auto. Als er losfährt, habe ich wieder all die tausend Dinge im Kopf, die ich ihm noch sagen will, doch ich sage kein Wort, ich kuschle mich auf dem Sitz zusammen und schließe die Augen.

»Du lässt dir die Chance entgehen, mir alles an den Kopf zu werfen?«

Ich lasse meine Augen geschlossen.

»Es ändert nichts und die Erinnerung wird mich mehr verletzen als dich, also bringt es nichts.«

Er schweigt. Auch wenn ich meine Augen geschlossen halte, spüre ich seinen Blick auf mir, bis er sich räuspert.

»Vielleicht ändert es tatsächlich nichts, aber ich will, dass du weißt, dass ich all das ...«

Ich unterbreche ihn scharf und öffne meine Augen wieder.

»Sag mir jetzt nicht, dass du das nicht wolltest. Halte mich nicht für so dumm. Weißt du, wieso ich nicht mit dir sprechen will? Weil ich genug davon habe, dass die Männer in meinem Leben denken, bestimmen zu können, was das Beste für mich ist. Mein Vater, der sauer auf mich war, weil ich sein Leben gerettet habe, Matteo, der mich nicht einmal hat denken lassen, dann du, der denkt, er tut mir einen Gefallen, wenn er mich fortschickt. Und jetzt denkst du, ich sollte mit dir sprechen? Ich lasse es nicht mehr zu, dass mir meine Entscheidungen genommen werden, nie wieder, ich treffe meine Entscheidungen, sonst niemand!«

Ich funkle Nash mit meiner letzten Kraft wütend an. Einen Moment treffen unsere Blicke sich und ich spüre, wie recht ich hatte. Es war dumm mir einzubilden, ich bin auf dem Weg darüber hinweg, nicht im Entferntesten, ich liebe ihn noch genauso wie an dem Tag, als er mich von sich gestoßen hat, wenn nicht noch mehr. Wie krank ist das?

Wütend breche ich den Augenkontakt ab und schließe meine Augen wieder.

»Du hast recht ...« Ich lache bitter auf. »Ich will nicht recht haben, ich wünschte, all das wäre nicht so gekommen, erzähle mir nicht, ich habe recht.«

»Doch, ich will, dass du eins weißt, Elisa: Wenn ich dich damals von mir gestoßen habe, dann war das nur aus Liebe.« Auch wenn ich höre, wie ernst ihm seine Worte sind, lache ich bitter auf.

»Ich meine das ernst. Ich wollte dich um alles in der Welt bei mir haben, dass du bei mir bleibst, doch dann habe ich diese Frauen gesehen und dachte mir, wie kann ich so egoistisch sein und dich diesem Leben aussetzen, nur um dich bei mir zu halten? Meine Aufgabe ist es, dich von mir fernzuhalten, von diesem Leben, was dich zerstören wollte, niemals hätte ich mir verziehen, wenn dir etwas passiert wie den Frauen. Vielleicht war es auch eine Kurzschlussreaktion. Alles, woran ich dann denken konnte, war es, dich in Sicherheit zu haben.«

Er atmet tief aus, ich spüre wieder seinen Blick auf mir, doch ich halte die Augen geschlossen.

»Nach und nach habe ich gespürt, dass ich vielleicht zu schnell, zu sehr aus dem Bauch heraus gehandelt habe. Doch dann warst du an der Uni, alle haben mir gesagt, wie glücklich du bist, ich habe es selbst gesehen. Das war es doch, was du wolltest, wie kann ich jetzt so egoistisch sein und dich bitten, zu mir zurückzukommen und mir zu verzeihen? Es ist alles schief gelaufen und ich habe auch das Gefühl, das wird es weiterhin, doch mir ist wichtig, dass du weißt, dass ich all das nur aus Liebe und niemals, weil ich dich nicht wollte, getan habe.«

Ich presse meine Augen zusammen, um ihn nicht anzugreifen. Genau das Gleiche, er hätte mich einfach mal selbst fragen können, statt sich einzubilden, er wüsste, was für mich gut ist. So sehr ich es versuche, ich kann die Tränen bei seinen Worten und dem Geständnis, dass er mich liebt, nicht zurückhalten, auch wenn ich weiter die Augen geschlossen habe, weine ich.

Seine Nähe, sein Duft, der mich umhüllt, ich wusste, dass mich all das stark zurückwirft, doch gerade habe ich das Gefühl, mein Herz wird ein weiteres Mal gebrochen.

Ich spüre seine Hand an meiner Wange und wie er meine Tränen wegwischt.

»Du weißt nicht, wie leid es mir tut, mein Herz.«

Das erste Mal antworte ich ihm.

»Ich will nicht mit dir sprechen. Es tut zu sehr weh.«

Ich habe nur kurz meine Augen geöffnet, Nashs dunkle Augen liegen weiter auf mir.

»Das ist in Ordnung. Das musst du nicht. Bleib einfach hier bei mir, damit ich weiß, dass es dir gut geht.

Ich habe nicht die Kraft, ihm zu antworten, ich habe nicht einmal die Kraft, dagegen anzukämpfen, dass mein Körper dem Alkohol und dem Gefühl, das sich in mir ausbreitet, sich viel zu wohlzufühlen, nachgibt.

Doch die Drinks, die Nähe von Nash und die Wärme tun den Rest und mit Nashs Worten im Ohr und einer weiteren

Wunde in meinem Herzen schlafe ich ein und hoffe, dass alles vorbei ist, wenn ich wach werde.

Kapitel

7

Natale

Die Sonne brennt heiß und so stark in meinen Augen, dass ich sie kaum aufhalten kann. Verdammt, ich sehe endlich ein Haus, die ganze Zeit habe ich alles abgesucht nach einem Grund, einer Antwort, jetzt renne ich zu dem Haus und sehe in die verglaste Front.

Nein, sofort fährt ein solch starker Stich durch mein Herz, dass ich einen Moment tief Luft holen muss. Vor mir, nur durch die Scheibe getrennt, liegt Alea auf einem riesigen weißen Bett. Ihr Körper ist nur mit einem dünnen Laken bedeckt, sie weint, sie sieht aus dem Fenster zu mir und weint. Genau in dem Moment kommt ein Mann in das Zimmer und Alea sieht von mir weg.

Wer ist es? Ich kann ihn nicht erkennen, ist sie deswegen zurück? Ich schlage gegen die Scheibe, doch sie hören mich nicht. Der Mann geht zu ihr und …

Als ich meine Augen öffne, brauche ich eine Sekunde, um zu verstehen, dass das mal wieder nur ein Traum war. Die Sonne scheint nicht, es ist heller Tag, doch es ist grau und neblig draußen.

»Sieh an, ich weiß doch, wie ich dich wach bekomme.« Erst jetzt spüre ich, dass Maja unter der Bettdecke dabei ist, mich zu befriedigen. Mein Körper hat schon darauf reagiert, ich bin noch nicht ganz da. »Wie spät ist es?« Maja unterbricht das, was sie tut, um mir antworten zu können. »Schon nach zehn Uhr, dein Handy klingelt die ganze Zeit, ich dachte, ich mache dich so langsam mal wach.«

Gute Idee, ich lehne mich zurück und lasse mich darauf ein, was sie dort mit mir tut, irgendwann ziehe ich sie auf mich und sie reitet mich, bis wir beide befriedigt in den Tag starten. Auch wenn Maja es schafft, mich immer wieder abzulenken, bin ich nach einer Dusche wieder mit meinen Gedanken bei dem Traum.

Gestern haben wir erfahren, dass Alea offiziell die Führung der Scaranos übernimmt. Noch immer kann ich das nicht glauben. Ich habe sie hier rausgeholt, ihr ein neues Leben ermöglicht und sie hat nichts Besseres zu tun, als zurückzukommen und den Posten als Anführerin anzunehmen. Wollte sie das? Hat Lorenzo etwas damit zu tun? Seit gestern geht mir das nicht mehr aus dem Kopf, eigentlich nicht mehr, seit ich weiß, dass Alea zurück ist, doch besonders jetzt, wo ich weiß, wieso sie hier ist.

Beim Frühstück erfahre ich, dass Nash nachts von den anderen weg ist und gerade zurückgekommen ist. Da ich eh schon zu spät dran bin, nehme ich zwei Kaffee im Becher mit, beiße in ein Croissant und gehe hinaus zu den Jeeps, die draußen bereits auf uns warten.

Maja steigt in einen der Jeeps und deutet mir, zu ihr zu kommen, Luca, der mit mir aus dem Frühstücksraum gekommen ist, lacht und klopft mir auf die Schulter, doch ich warte auf Nash, der von den Garagen kommt.

Mein jüngerer Bruder sieht müde aus. Unsere Blicke treffen sich, er will schon etwas sagen, doch ich deute ihm, mit mir zu kommen. Statt zu den anderen gehe ich zu dem vordersten Jeep und setze mich ans Steuer, Nash setzt sich auf den Beifahrersitz und ich reiche ihm seinen Kaffee.

»Ich bin müde, Natale, ich will nur ...« Da alle sich auf die Wagen verteilt haben, gebe ich Gas und fahre vor allen anderen von unserem Anwesen. »Das sehe ich, dass du das bist. Ich muss Papiere an der Grenze abholen, du kannst damit zurückfahren, aber erst will ich wissen, wo du warst und wieso du solch eine bescheidene Laune hast.«

Nash nimmt einen Schluck Kaffee und lehnt sich zurück, er wird wissen, dass er mich eh nicht davon abbringen kann. »Ich habe Elisa betrunken von einer Party geholt. Sie will nicht mit mir sprechen, aber ich konnte sie im Campus in ihr Appartement bringen, ich war noch etwas dort, um sicher zu sein, dass es ihr gut geht, mehr war nicht.«

Ich sehe und spüre, dass die Sache mit Elisa Nash fertig macht, ich habe seine Entscheidung damals verstanden, wie sollte ich nicht? Ich selbst habe Alea zu einem neuen Leben verholfen, weil das hier nichts für sie ist. Wir beide haben wochenlang gespürt und gehört, dass beide, Elisa und Alea, dieses Leben nicht wollen. Wie können wir sie dann hierbehalten, wo wir erst letzte Woche wieder eine Frau verloren haben? Sie sollen ein anderes, besseres Leben führen.

Dafür haben wir beide gesorgt, bis heute fällt es mir nicht leicht, nicht zu viel an Alea zu denken, doch ich kann es nicht mehr ändern, konnte ich zumindest bis vor einigen Tagen nicht. Nash hingegen kämpft jeden Tag gegen seine Gefühle.

»Du musst mit ihr sprechen, Nash, natürlich ist sie sauer, doch sie wird dir irgendwann zuhören und verstehen, dass du in dieser Situation nicht anders handeln konntest.« Nash trinkt weiter seinen Kaffee und stellt die Heizung höher, erst jetzt bemerke ich, dass er nur ein dünnes Shirt trägt.

»Sie ist zu wütend, ich habe sie verletzt, wirklich verletzt. Sie sieht mich nicht einmal mehr an. Für sie bin ich nur ein weiterer Mann, der ihr wehgetan hat.«

Mein Blick gleitet von der Straße zu meinem Bruder. Er spricht so gut wie nie über seine Gefühle, dass er es jetzt tut, zeigt, wie wichtig ihm das ist und dass er nicht weiter weiß. Ich klopfe ihm leicht auf die Schulter.

»Elisa bedeutet dir mehr, als dass du nur etwas verliebt in sie bist, also tue das, was du tun musst und wenn es bedeutet, dass du das erste Mal in deinem Leben vor einer Frau blankziehen musst, dann tue das. Elisa ist eine gute Frau und du liebst sie, wenn es dir so viel bedeutet, kämpfe darum. Du kämpfst schon dein halbes Leben, auch diesen Kampf wirst du gewinnen, auch wenn es vielleicht dein schwerster wird. Sonst hast du ein Problem.«

Auch wenn ich meine Worte ernst meine, kann ich mir ein Grinsen nicht verkneifen. Im selben Moment klingelt mein Handy und ich nehme mit der Freisprechanlage an.

Es ist Jakop, der gerade auf unsere Ablösung wartet.

»Wir sind schon unterwegs.«

Ich höre, dass es laut ist, einer unserer Männer schreit etwas.

»Dann beeil dich lieber, hier sind gerade zwei Wagen der Scaranos aufgetaucht, Marco und die anderen sind dabei, sonst bekommen wir die nie so nah zu Gesicht. Scheiße Mann, ich hatte meine Hand schon am Abzug, aber dann kam Alea aus dem Wagen, einfach auf unseren Wachposten zu und erklärt, dass sie dich sprechen will. Ich meine, ich weiß, dass wir den Befehl haben, die Scaranos nur noch zu vernichten nach den letzten Wochen, doch ich dachte ...«

Ist sie völlig wahnsinnig geworden? Ich fluche laut auf und drehe meinen Wagen schlitternd so, dass ich auf die Schnellstraße komme, die anderen Wagen bleiben genauso schlitternd stehen, bis sie mir rasend folgen.

»Keiner schießt, habt ihr verstanden? Ihr wartet, bis ich da bin! Ich meine das ernst, Jakop, keiner fasst sie an, bis ich da bin!« Wieder bildet sich dieser Stich in meinem Herzen und es beginnt zu rasen. Ich fluche und beende das Gespräch, um auch alle anderen zu informieren und meinen Befehl durchzugeben.

Nash neben mir schüttelt nur leicht den Kopf und setzt sich richtig hin, während ich zur Grenze rase.

»Und du behauptest, ich habe ein Problem?« «

Kapitel
8

Alea

»Das ist Wahnsinn!«

Marco neben mir hält weiter seine Waffe auf Jakop und die anderen drei Männer der Scaranos gerichtet. Sie alle tragen Sturmmasken, Jakop nicht. Zu ihm bin ich auch direkt gegangen, nachdem wir hergefahren sind.

Es hat lange gedauert, Marco zu überzeugen, herzukommen. Im Grunde hätte ich es auch ohne ihn getan und ich denke, nur deswegen stehen wir jetzt hier.

Ich weiß, dass Jakop und die anderen nicht geschossen haben, weil ich mich vor unsere Männer gestellt habe. Marco hat mir einiges erzählt, was passiert ist, was Michele und Lorenzo getan haben. Auch mit den Frauen der Rebellen, doch ich muss das hier tun. Es kann das Ende dieses ewigen Krieges mit viel zu vielen unschuldigen Opfern bedeuten.

Dass sie mich nicht mitnehmen, um mit Natale zu sprechen, war mir klar. Ich bin zu Jakop gelaufen und habe ihn gebeten, Natale zu sagen, dass ich mit ihm sprechen möchte. Er hat mir gesagt, ich soll zurück zu den anderen gehen und mir dann zugerufen, dass Natale kommt. Wir dürfen nicht näher kommen. Um zu zeigen, dass wir keine bösen Absichten haben, habe ich den anderen Männern gesagt, sie sollen im Auto warten. Nur Marco wartet mit mir vor unseren Autos.

Es fühlt sich merkwürdig an, den Rebellen jetzt so gegenüberzustehen, alle Waffen auf Marco und mich gerichtet. Dass sie nicht geschossen haben, bedeutet schon einiges, das weiß ich, und doch ist es ein komisches Gefühl.

Einen Moment muss ich an die Übergabe denken, als ich zurück zu meiner Familie wollte und Natale mich an sich gezogen hat. Was seitdem alles passiert ist.

Wir müssen etwas mehr als zwanzig Minuten warten, man spürt die Anspannung auf beiden Seiten mehr als deutlich. Eine falsche Bewegung und das Ganze hier kann eskalieren. Es ist kalt und neblig, am liebsten würde ich mich zurück in eines der Autos setzen und dort warten, doch ich wage es nicht, hier den Überblick zu verlieren.

Zum Glück habe ich mir über meinen weißen Rollkragenpullover und meiner dunkelblauen Jeans bequeme Stiefel und einen weißen warmen Mantel gezogen. Meine Haare wehen wild im Wind, doch ich lasse die Straße hinter den Männern mit den gezogenen Waffen nicht aus den Augen.

Es dauert, doch dann tauchen mehrere schwarze Jeeps auf, die fast zeitgleich zum Stehen kommen, auch wenn sie hintereinander angefahren kommen. Gleichzeitig steigen einige Männer und auch Frauen aus, doch mein Blick gleitet sofort zu Nash und Natale, die aus dem ersten Jeep steigen.

Ich sehe, dass Natale einen Moment zögert. Als könne er nicht glauben, was er hier sieht.

Einen winzigen Moment erlaube ich mir, die Augen zu schließen und die Sehnsucht, die in meinem Nacken prickelt, zuzulassen. Wie oft ich an ihn und seine Nähe gedacht habe, wie viele Nächte ich ihn an meine Seite gewünscht habe. Ich öffne die Augen wieder und treffe auf seinen dunklen Blick. Kalt wie so oft sieht er zu uns, diese dunklen Augen, er wirkt fast noch breiter und das, obwohl er ganz in schwarz gekleidet in Hoodie, schwarzer Hose und einer dicken Jacke steckt.

Nash neben ihm sagt etwas und ich könnte schwören, dass Natale flucht, dann hebt er die Hand. »Keiner schießt. Niemand folgt mir!« Eine Frau mit langen braunen Haaren und einem sexy engen Einteiler flüstert ihm etwas ins Ohr, doch er scheint das zu ignorieren und kommt mir entgegen.

»Was soll das, Alea? Du kannst doch nicht einfach herkommen und riskieren, dass ...« Er ist noch zu weit entfernt. Auch ich bewege mich auf ihn zu. »Ich will mit dir allein sprechen.« Marco will mich begleiten, doch ich schüttle den Kopf. »Ich rede allein mit ihm, du weißt, dass sie mich kennen aus der Gefangenschaft, er wird mir nichts tun.«

Ohne auf seine Antwort zu warten gehe ich weiter, doch ich spüre, dass er stehenbleibt, auch wenn er es nicht gerne tut.

Nun flucht Natale laut auf, trotzdem kommt er mir allein weiter entgegen. Je mehr wir aufeinander zukommen, desto stärker reagiert mein Körper. Einen Moment habe ich das Gefühl, mir treten Tränen in die Augen, so sehr habe ich ihn vermisst, doch ich weiß, dass ich jetzt einen klaren Kopf behalten muss und sehe ihm entgegen.

Je näher er kommt, desto mehr weicht die Kälte aus seinem Blick. Seine dunklen Augen fahren mich einmal ab, dann sieht er mir in die Augen. Meine Mutter hat mir gesagt, dass sie noch mehr strahlen durch die Bräune, die ich bekommen habe. Ich frage mich, ob er das auch erkennt oder ob er die Tränen und die Sehnsucht darin lesen kann.

Wie jeden Tag in den letzten sechs Monaten trage ich auch jetzt unser Bild in meinem Portemonnaie, ich werde das niemals vergessen und ich bete, dass er das auch nicht hat.

Natale bleibt genau vor mir stehen. Ich spüre, dass Marco hinter mir das nervös macht, doch ich ignoriere ihn, genau wie die Männer und Frauen hinter Natale und sehe hoch in seine Augen.

»Alea, bist du völlig verrückt geworden? Wieso bist du zurück? Und wieso bist du bei ihnen? Und wieso zur Hölle bist du jetzt die Anführerin?« Natale ist sauer und doch muss ich lächeln, wie sehr ich diesen Mann vermisst habe. »Es freut mich auch, dich zu sehen, Natale.« Natale sieht mir ernst in die Augen. Einen Moment hebt er seine Hand, als wolle er nach meiner greifen, doch er lässt es sein und ich räuspere mich.

Egal wie viel Zeit vergangen ist, ich spüre, dass das hier uns beiden schwerfällt. Meine Stimme ist leiser als sonst, so entschlossen ich in meinem Herzen auch bin.

»Ich musste zurückkommen, Natale, sobald ich von Micheles Tod erfahren habe. Ich bin nicht hier, um diesen Krieg weiterzutreiben, so gut solltest du mich kennen. Ich habe die Führung übernommen, um die Ära der Scaranos zu beenden.«

Überraschung taucht in Natales Blick auf.

»Meine Eltern sind zu alt, mein Vater zu schwach, sie haben ihre beiden Söhne und im Grunde auch mich verloren. Mein Vater hätte weitergemacht, oder im schlimmsten Fall wäre alles an Lorenzo gegangen. Deswegen bin ich hier. Ich habe meinen Vater überredet, mit meiner Mutter nach Florenz zu ziehen und dort ihre restlichen Tage zu verbringen. Einige der treuesten Männer begleiten sie und führen die legalen Geschäfte weiter. Alles andere wird aufgelöst. So kann mein Vater sich zurückziehen, ohne sein Gesicht zu verlieren, doch wir brauchen dafür eure Zustimmung. Die Zustimmung, dass ihr keine weitere Rache nehmen werdet, nicht mehr an meiner Familie und dass sie in Ruhe leben können.«

Natale hebt die Augenbrauen.

»Weißt du, was du da von mir verlangst? Meine Männer da hinter mir haben alle eine persönliche Geschichte mit den Männern hinter dir. Nur weil ich es gesagt habe, weil du hier stehst, atmen deine Männer noch. Jetzt soll ich meinen Männern sagen, dass es vorbei ist, dass es die Scaranos nicht mehr gibt und wir die, die noch da sind, laufen lassen sollen?«

Ich hebe meine Hand. »Das ist das Beste für alle. Sollen wir uns noch weitere Jahre abschlachten?« Natale will etwas sagen, doch ich hebe meine Hand.

»Natale, ich weiß, was in den letzten Monaten passiert ist, was Michele und Lorenzo getan haben und es tut mir leid, ich konnte das nicht verhindern. Ich kann nicht verhindern, dass Lorenzo weitermachen wird und dass, wenn ich die Auflösung bekanntgebe, einige unserer Männer zu ihm wechseln werden. Das bedeutet für euch nicht, dass es vorbei ist, das ist mir klar, aber die Scaranos werden sich zurückziehen. Sie werden ihre Macht aus Italien zurücknehmen und damit hättet ihr ein großes Kapitel geschlossen.«

Natale schüttelt leicht den Kopf, ich bin mir sicher, dass er mit allem gerechnet hat, aber nicht damit.

»Was ist, wenn wir darauf nicht eingehen?«

»Dann werden sich meine Eltern nicht zurückziehen können, unsere Männer werden weitermachen und wir werden uns weiter so wie jetzt gegenüberstehen.«

Ich senke meinen Blick und muss an unsere letzte Nacht denken.

»Ich wollte das nie, Natale, ich wollte dir niemals als eine … von ihnen gegenüberstehen, doch ich habe keine andere Wahl.«

Ich sehe ihn wieder an. Natale blickt mir ernst in die Augen.

»Ich kann mir nicht vorstellen, dass sich unsere Männer darauf einlassen, nicht so. Nach allem, was war, können wir sie nicht so einfach davonkommen lassen. Aber ich werde mit ihnen sprechen. So etwas kann ich nicht alleine entscheiden. Wir werden Zeit brauchen, uns darüber Gedanken zu machen, gib uns ein paar Tage Zeit, dann melden wir uns.«

Das habe ich mir natürlich gedacht. Ich ziehe aus meiner Manteltasche einen Zettel mit meiner neuen Nummer und reiche ihm den. »Macht das, melde dich dann bei mir. Ihr habt die Chance auf das Ende der Scaranos, mehr kann ich euch nicht bieten, das hat mir schon alles abverlangt.«

Natale nimmt den Zettel, dabei berühren sich unsere Finger und einen Moment umfasst er meine Hand und atmet tief aus.

»Wieso bist du zurückgekommen, Alea? Ich kann dich so hier bei ihnen nicht mehr schützen.« Die Wärme seiner Hände lassen mein Herz sofort freudig in meiner Brust schlagen. »Das brauchst du auch nicht, Natale, ich passe schon auf mich allein auf.« Natale lacht leise auf und lässt meine Hand los. Er deutet zu den Männern hinter mir. »Das machst du ganz wunderbar, Sturkopf. Was ist mit Lorenzo? Pass auf, nimm dich vor ihm in acht. Er will die Macht und das um jeden Preis.«

Das muss ich tatsächlich auch noch klären. Ich tue mein Bestes. »Ich weiß. Wo ist Elisa? Ich möchte sie unbedingt sehen.« Etwas in Natales Blick ändert sich. »Sie lebt nicht mehr bei uns, sie ist wieder an der Uni und lebt das Leben, was sie leben wollte und was auch du gerade tun solltest.«

Damit hatte ich auch nicht gerechnet. Mein Blick gleitet wieder nach hinten, wo neben Nash, der uns beobachtet, auch die Frau steht. »Wer ist das?« Ich bemerke die Art, wie eifersüchtig sie uns beobachtet, Natale muss sich nicht einmal umdrehen. Sein Blick liegt weiter auf mir, allein diese Geste sagt schon alles.

»Sie ist niemand.«

Die Frau guckt mich hasserfüllt an, ich wende den Blick zu Natale und sehe ihm in die Augen. »Natürlich, niemand. Das war zu erwarten, was habe ich mir gedacht …?«

Natale schüttelt den Kopf. »Alea, ist das dein Ernst? Du tauchst hier nach sechs Monaten auf und eröffnest mir, dass ich einfach mal so alles aufgeben soll, was wir seit Jahren bekämpfen und dein Problem ist eine Frau? Was erwartest du …?«

Ich unterbreche ihn, ich spüre, dass die Stimmung kippt, und die Gefühle zwischen uns sollten das, was ich vorhabe, nicht behindern.

»Ich erwarte gar nichts, Natale, ich biete euch Frieden an. Melde dich, wenn ihr euch besprochen habt.«

Mit diesen Worten drehe ich mich von ihm weg. »Alea …« Es ist besser, wenn ich gehe, das wissen wir beide, deswegen lässt Natale mich auch gehen. Sobald ich bei den Autos bin, deute ich Marco, ins Auto zu steigen und sage, dass wir sofort losfahren.

Die Autos setzen sich in Bewegung und ich atme tief aus und wische mir die Tränen aus den Augen, die ich nicht mehr zurückhalten konnte. Ich hatte nicht damit gerechnet, Natale noch einmal wiederzusehen, doch wenn, dann nicht so. Nicht, dass wir uns als Rebellen und Scaranos gegenüberstehen. Nicht mit einer anderer Frau an seiner Seite, dort, wo ich gerne wäre, wenn wir andere Leben geführt hätten.

Ich habe mit alldem nicht gerechnet und schon gar nicht damit, dass es mich so treffen wird.

Kapitel

9

Elisa

»Sieh dir das an, ich werde den Typen aus dem Club nicht mehr los. Wo ist die gute alte Zeit hin, in der die Männer nach einer Nacht verschwinden und sich nie wieder melden?«

Sarah hält ihr Handy hoch, welches in diesem Moment klingelt, stellt es auf lautlos und schiebt es zurück in die Tasche. Heute geht es mir schon viel besser. »Manche Frauen warten genau jetzt wahrscheinlich auf solch einen Anruf.«

Gestern konnte ich nicht aufstehen. Nach dieser Nacht, dem Alkohol und meinem zweiten Aufeinandertreffen mit Nash habe ich bis zum Mittag geschlafen. Ich kann mich daran erinnern, dass Nash mich in meine Wohnung gebracht hat, dann an kaum noch etwas. Als ich am Mittag wach wurde, war er weg. Ich bin wieder eingeschlafen, zwischendurch hat er mir geschrieben, ob es mir gut geht, doch ich habe nur ein Ja geschrieben und dann nicht mehr reagiert. Ich ärgere mich über mich selbst, dass ich ihn nicht einfach vergessen kann, nicht von mir schieben kann, wie er es getan hat. Ich habe nicht gelüftet, weil in meinem Raum noch sein Duft hing.

Mir ging es schlecht, deswegen habe ich mir das gestern erlaubt, ich habe mich in Selbstmitleid gesuhlt, unser Gespräch und das, woran ich mich erinnern kann, immer wieder durchdacht und seinen Duft genossen.

Heute Morgen habe ich dann alles durchgelüftet, die Übelkeit von mir geduscht, mein Handy ausgeschaltet und habe jetzt die letzte Vorlesung vor mir.

Es ändert nichts, es ändert nichts daran, dass die Sehnsucht nach Nash wieder stärker in mir brennt, aber ich habe es besser unter Kontrolle. Sobald ich die Lesung hinter mir habe, werde ich wieder laufen gehen.

»Was ist eigentlich mit dem schönen Rebellen, der dir immer Blumen schickt, hast du vor …?« Wir kommen in den Vorlesesaal und wollen unsere Plätze einnehmen, da deutet der Professor zu mir. »Miss De Luca, ich soll Ihnen sagen, dass Sie im Sekretariat erwartet werden.« Einen Moment brauche ich, um zu registrieren, dass er mich meint. Ich werde unter einer Nummer geführt, doch einen Namen musste man angeben und hier werde ich somit als Elisa De Luca, dem Mädchennamen meiner Mutter, geführt.

»Okay.« Ich hebe meine Hand zu Sarah und gehe verwundert zurück und in Richtung des Sekretariats. Wahrscheinlich geht es um meine Beschwerde und dass ich selbst zahlen möchte. Da es uns verboten ist, zu spät in die Vorlesungen zu kommen, hat es sich somit mit der letzten Vorlesung erledigt, umso besser, so kann ich früher laufen gehen. Der Wetterbericht hat Schnee angekündigt. Es schneit nicht sehr oft in Italien, zumindest nicht hier in dieser Gegend, doch hin und wieder kommt es vor und dann schneit es meistens viel und bleibt auch länger liegen.

Im Sekretariat sind die beiden Angestellten gerade in ein Gespräch mit einem Professor verwickelt. Ich nenne meinen Namen und sie schieben mir eine Karteikarte mit einer Nummer hin. »Die Nummer hat Sie zweimal versucht zu erreichen, es geht um familiäre Angelegenheiten, Sie sollten dringend zurückrufen.« Noch verwunderter nehme ich die Nummer an mich.

Wieso ruft jemand hier an, wer sollte sich wegen familiärer Angelegenheiten hier melden? Vielleicht geht es um das Haus? Es hat sich niemals jemand deswegen gemeldet von der Polizei oder sonst jemand, wie sollten sie auch? Vielleicht haben sie es geschafft, mich hier ausfindig zu machen, doch wie …?

Es bringt nichts, weiter darüber nachzudenken, die Leute, die hier arbeiten, werden auch nicht wissen, worum es geht, deswegen ziehe ich mein Handy aus der Tasche, unterdrücke meine Nummer und wähle die Nummer, während ich mich auf den Weg zurück in mein Appartement mache, um mich für das Laufen umzuziehen.

Es klingelt zweimal, dann nimmt eine Frauenstimme ab. Die Stimme kommt mir bekannt vor. »Hallo? Wer ist da?«

Ein Auflachen und dann schlägt auch mein Herz schneller.

»Elisa!!!! Wie sehr ich dich vermisst habe.«

Nicht mal eine Stunde später fahre ich mit dem Bus zur unsichtbaren Grenze hinaus aus Kalabrien. Ich kann es nicht erwarten, Alea endlich wiederzusehen. Schon am Telefon konnten wir uns kaum beruhigen. Sie hat mir erklärt, von Natale gehört zu haben, dass ich weg bin, wieder an der Uni studiere und sie hat einfach alle Unis abgeklappert, bei denen mein Studiengang vertreten ist. Ihr ist klar, dass ich aus Sicherheitsgründen Kalabrien noch nicht verlassen sollte, deswegen waren es nicht viele. Sie wusste, dass ich garantiert nicht mit meinem richtigen Namen eingeschrieben bin und hat die Homepages der Unis durchsucht.

So hat sie mich gefunden, in einem Beitrag über eine kleine Ausstellung, die wir mit ausgestattet haben letzten Monat, mit Bildern und Namen. Ich habe nicht gewusst, dass es auf der Homepage ausgestellt wird, so hätte mich jeder finden können. Nicht dass ich davon ausgehe, dass mich noch jemand sucht, trotzdem zeigt es, dass ich nicht gerade sehr vorsichtig bin.

Wir müssen uns sehen. Am Telefon wollten wir so wenig wie möglich besprechen. Ich weiß ehrlich gesagt nicht, ob ich mich wieder in ganz Italien frei bewegen kann oder was genau gerade los ist, auch Alea hat erklärt, dass sie gerade so wenig Stress wie möglich mit Natale und Nash will, deswegen haben wir uns in einem Café direkt an der Grenze verabredet. So kann niemand etwas sagen.

Statt meiner Laufklamotten habe ich mir ein Wollkleid, eine dicke Strumpfhose und einen Wollmantel übergezogen und mich in den Bus gesetzt. Es dauert etwas mehr als eine halbe Stunde, bis ich an der Grenze bin. Im Grunde erkennt man diese Grenze nicht wirklich. Alea hat mir gesagt, dass die Stadt erst vor Kurzem zurückerobert wurde von den Rebellen, hier ist es aber eher ruhiger und am nächsten zur Uni.

Man würde nie auf die Idee kommen, dass hier Kämpfe um die Macht auf den Gebieten stattfinden, das Einzige, was darauf schließen lässt, ist, dass man immer wieder die Jeeps der Rebellen sieht. Als ich am Busbahnhof aussteige, sehe ich einen und in der Nähe des Cafés ist auch ein Jeep geparkt.

In solchen Momenten merkt man, wie gut bewacht hier alles ist. Ich sehe extra zu Boden, als ich zu dem hellrosa gestrichenen Café gehe, doch ich erkenne zwei der Männer, die am Jeep stehen. Sie gehören zu den Männern, die oft bei den Besprechungen dabei sind. Auch wenn sie mich ins Café gehen lassen, ohne mich aufzuhalten, spüre ich doch ihren Blick auf mir. Es ist unfassbar, wie gut die Rebellen hier alles unter Kontrolle haben.

Ich befinde mich genau auf der Grenze und im Grunde hat mir eh niemand etwas zu sagen, also gehe ich wie verabredet direkt auf die Dachterrasse. Hier stehen gemütliche Sitzlounges mit Decken und Heizstrahlern für die Gäste. Man hat einen fantastischen Blick auf die Stadt und die imaginäre Grenze. Ich schaffe es nicht einmal, mich hinzusetzen, da höre ich ein erfreutes Jauchzen und liege in Aleas Armen.

Auch wenn wir uns noch nicht ewig kennen, haben wir so viel zusammen durchgemacht, dass es uns zusammengeschweißt hat. Ich drücke sie an mich, dann sehe ich sie mir an.

Sie ist genauso hübsch, wie ich sie in Erinnerung habe, noch hübscher sogar. Ihre Haut ist leicht gebräunt, ihre Augen strahlen und sie lächelt mich frech an.

»Hat dich jemand gesehen? Wieso lebst du nicht mehr bei Nash? Was ist passiert? Wie geht es deiner Familie? Ich will alles wissen!« Wir setzen uns nebeneinander. Mir liegen genauso viele Fragen wie ihr auf dem Herzen, deswegen atme ich einmal tief durch, bevor wir beide zu erzählen beginnen.

Nicht nur, dass ich Alea vermisst habe, es tut auch einfach gut, endlich frei mit jemandem sprechen zu können. Ich kann mich niemandem anvertrauen, nicht so wie bei Alea, die die ganze Geschichte kennt und genau wie ich auf beiden Seiten dieser Grenze, die sich unter uns erstreckt, gelebt hat.

Also erzähle ich ihr alles. Wie ich erfahren habe, dass sie weg ist, was mit den Frauen passiert ist, von meinem Entschluss, bei ihm zu bleiben und seiner Reaktion, nachdem sie die Frauen gefunden haben. Wie hart er mich von sich gestoßen hat und ich auf die Uni gekommen bin. Ich berichte, wie es mir jetzt geht, dass Nash sich erst gar nicht gemeldet hat und jetzt wieder auftaucht und diese Dinge tut, diese Dinge, die mich nicht kalt lassen, obwohl sie es sollten.

Auch wenn es eisig ist, spüren wir davon nichts. Wir sind in Decken eingekuschelt bei den Heizstrahlern, haben die Beine angezogen, trinken Tee und heißen Kakao und essen Waffeln. Es ist perfekt.

Nachdem ich alles berichtet habe, erzählt mir Alea, was passiert ist, wie es ihr in Puerto Rico ging, was sie beschlossen hat, als sie vom Tod von Michele erfahren hat und wie weit sie ist. Ich habe nicht geahnt, dass sie Natale und Nash das Angebot unterbreitet hat, die Scaranos aufzulösen und dass sie sich das überlegen werden.

Überrascht sehe ich ihr in die Augen.

»Und konntest du schon richtig mit Natale sprechen?« Alea hat ihren Kakao ausgetrunken. »Nur darüber. Sonst nicht viel. Zwischen dem, wie wir uns am Flughafen gegenüberstanden und dem, wie wir uns gestern gegenüberstanden … liegen Welten. Außerdem wusste ich nicht, dass er … nun in einer Beziehung ist.«

Alea lacht leise auf, doch ich höre, dass es sie trifft. Wenn ich mir vorstelle, Nash hätte eine andere an seiner Seite, würde mich das auch treffen, ich bin mir sicher, dass er … sich abgelenkt hat, doch … alleine darüber nachzudenken, macht mich fertig, auch wenn es das nicht sollte.

»Maja … ich denke, Natale hat sich so abzulenken versucht. Ich weiß es natürlich nicht, aber ich kann mir nicht vorstellen, dass er so einfach über dich hinweg ist.« Alea sieht genau wie ich dem Schneetreiben zu, dass vor einigen Minuten eingesetzt hat, hier oben gibt es ein Dach, sodass man keinen Schnee abbekommt, doch wir können ihn beobachten.

»Natale ist kein Mann, der einfach so eine Beziehung eingeht. Ich weiß nicht, wieso es mich so trifft, das zu wissen, wäre ich noch in Puerto Rico, wüsste ich nicht einmal etwas davon.« Ich kuschle mich enger in meine Decke. »Was willst du tun wegen Natale und den anderen? Wenn sie dein Angebot nicht annehmen, wenn alles anders kommt …?

Alea sitzt neben mir, greift nach meiner Hand und drückt sie. Wir sitzen schon über zwei Stunden hier oben und doch könnte ich noch einige weitere Stunden hier verbringen.

»Ich weiß es nicht, ich weiß es wirklich nicht. Das war mein Plan A, es gibt keinen Plan B.«

Sie sieht mir in die Augen.

»Was ist mit dir? Wirst du noch einmal mit Nash sprechen? Vielleicht meint er es ernst und er hat damals nur aus seiner Trauer so gehandelt, ich weiß, dass Michele und Lorenzo noch grausamere Sachen getan haben. Natale und er … sie alle müssen die letzten Monate viel gesehen und erlebt haben. Wie wirst du dich entscheiden?«

Ich atme tief aus.

»Ich weiß es auch nicht.«

Alea lächelt, lässt meine Hände los und greift nach ihrer Tasche.

»Aber egal was ist oder was kommen wird, ich bin froh, dass ich dich wiedergefunden habe. Lass uns dafür sorgen, dass wir den Kontakt nicht mehr verlieren. Wir waren beide Gefangene, meiner Familie und der Rebellen, und egal wie sich alles entwickelt, wir sollten uns von keinem von ihnen mehr Dinge vorschreiben lassen.

Sie zieht aus ihrer Tasche ihr Portemonnaie und holt ein Foto heraus, was sie mir reicht.

Es zeigt uns vier. Im Haus der Eltern von Natale und Nash. Ich weiß, dass Nash die Bilder gemacht hat, doch ich habe sie niemals gesehen. Wir strahlen in die Kamera.

In diesem Moment waren wir alle glücklich und zufrieden. Wir haben den Augenblick genossen und ich bin froh, dass wir nicht geahnt haben, wie wir uns jetzt, ein halbes Jahr später, alle gegenüberstehen.

Genau in dem Moment sehen wir beide nach unten, es ist mittlerweile dunkler und ruhiger geworden, sodass man hört, dass ein Auto unten am Café hält. Es ist ein Jeep, Natale und Nash steigen aus. Natürlich, wir werden es nie schaffen, den beiden etwas vorzumachen.

Alea schiebt das Foto zurück in ihr Portemonnaie und atmet traurig aus.

»Damals dachten wir alle, dass wir es geschafft haben, dieses Leben, in dem wir stecken, hinter uns zu lassen und dass die Gefühle, die wir füreinander empfinden, das überstehen könnten ...«

Auch ich lehne mich zurück und sehe weiter zu den Schneeflocken, dabei höre ich, wie die Tür zum Dach aufgeht.

»Und einige Monate später sitzen wir hier und wissen, wie sehr wir uns getäuscht haben!«

Kapitel 10

Nash

»Das liegt auf dem Tisch. Was wir damit machen, ist unsere Sache.«

Natale beendet seine Ansprache. Wir haben es erst heute geschafft, uns mit der gesamten Führung zusammenzusetzen und ihnen zu sagen, was Alea uns vorgeschlagen hat. Einen Moment treffen sich Natales und mein Blick. Auch wir beide haben schon darüber gesprochen. Wir haben gleich gesagt, dass wir das erst mit allen besprechen werden. Es ist uns durchaus bewusst, dass wir einen anderen Blick auf all das haben werden, weil wir Alea besser als die meisten hier kennen. Weil Natale etwas für sie empfindet, er muss mir nicht einmal sagen, dass es so ist, ich weiß es auch so.

Ein Blick auf ihn gestern hat gereicht, um zu erkennen, wie er versucht, einen klaren Kopf zu behalten und Alea nicht als die Frau zu sehen, die ihm etwas bedeutet, sondern als neue Anführerin der Scaranos. Er ahnt, dass er das nicht garantieren kann, deswegen hat er mich gebeten, einen klaren Kopf zu haben und ihn daran zu erinnern, immer das Wohl der Rebellen im Vordergrund zu behalten.

Auch jetzt lehnt er sich zurück, um abzuwarten, was die anderen sagen. Jakop ist der Erste, der wütend auflacht. »Ist doch perfekt. Sie hat im Grunde selbst zugegeben, dass sie schwach sind. Lasst es uns nutzen und angreifen. Bringen wir es zu Ende und löschen wir auch den Rest aus. So haben wir wirklich für immer Ruhe. Alles andere ist nicht sicher genug. Sie haben nichts anderes verdient. Denkt sie, wir lassen jetzt alle Männer davonkommen, die so viel getan haben? Wir werden niemals auch nur einen von ihnen verschonen.«

Jakop sieht sich wütend um. Die Elitekämpfer bestehen nun aus Natale und mir an der Spitze, dann kommen Jakop, Luca und Aiken, danach Koso, Maxim, Samuel und immer öfter ist nun auch Apollo bei uns, so wie heute. Als einziges weibliches Mitglied ist Anabell noch dabei, Maja möchte gerne dazugehören, doch so ganz lässt Natale das nicht zu.

Anabell ist es auch, die den Kopf schüttelt. »Nein, wir müssen besser sein, Jakop. Wir haben uns das immer geschworen, bei allen Rachegefühlen, die wir empfinden, und das tun wir, alle! Wir sind nicht wie die. Sollen wir jetzt da einfallen, einen alten Mann umbringen, der sich kaum noch auf den Beinen halten kann, seine Frau, seine Tochter, die extra zurückgekommen ist, um für Frieden zu sorgen? Das passt uns nicht,

106

aber wenn wir das tun, sind wir nicht besser als sie und das wollten wir nie sein.

Unsere Aufgabe ist es, die Scaranos zu zerschlagen und zu vernichten. Wir haben ihnen in den letzten Jahren und besonders in den letzten Monaten und Wochen viel Schaden zugefügt, sie an ihren Geschäften gehindert, Matteo getötet und nun zerstören sich die Scaranos selbst. Wenn jetzt das Angebot da ist, das alles zu beenden, sollte man das niemals ausschlagen, Jakop. Wir sind die Guten, vergiss das nicht bei aller nachvollziehbaren Wut. Wir sind keine Soldaten, die auf die, die sich ergeben, schießen, denn dann sind wir genau solche Verbrecher wie sie.«

Jakop will etwas sagen, doch ich unterbreche ihn. »Das reicht fürs Erste. Es muss heute noch keine Entscheidung getroffen werden, doch ich denke, wir alle sind jetzt im Bilde. Jeder versteht die Wut von Jakop und spürt sie genauso, doch Anabell hat recht, wir sind diejenigen, die es besser machen sollten. Wir wollten euch heute nur über alles informieren, macht euch selbst eure Gedanken. Freitag gibt unser Präsidentschaftskandidat ein Bankett, er hat dafür einiges geplant. Nicht nur die Scaranos sind unsere Feinde, das sollte man auch nicht aus den Augen verlieren. Wir werden Freitag auch mit ihm sprechen, dann treffen wir uns und beschließen, wie wir in der Sache vorgehen werden.«

Maxim meldet sich zu Wort. »Aber wie du es sagst, es gibt auch noch andere neben den Scaranos. Was ist, wenn Lorenzo es nicht zulässt, dass Alea ihr Wort hält. Wenn er sie zu einer Hochzeit zwingt, wenn er die Scaranos weiter anführt?« Ich spüre, wie sich allein bei diesen Worten mein Bruder anspannt und komme ihm zuvor. »Das werden wir nicht zulassen, wir werden weiter alles im Blick behalten, und auch Lorenzo wird eine deutliche Ansage des neuen Präsidenten zu erwarten haben. Wir treffen uns am Montag, um zu beschließen, wie wir weitermachen, jeder soll sich seine eigenen Gedanken machen, solange bleibt das unter uns. Apollo, Luca, schnappt euch eure Männer und geht die Wachen ablösen, wir sind eh spät dran heute.«

Das lassen sie sich nicht zweimal sagen, nach und nach verlassen alle den Raum, Maja steht vor der Tür und scheint auf Natale zu warten, doch Jakop nimmt einen Anruf an und sieht uns dann mit hochgezogenen Augenbrauen an. »Seid ihr sicher, dass ihr das alles noch im Griff habt? Der Anruf gerade war von der Grenze.«

Knapp zwei Stunden später halten wir an der Grenze in der Nähe von Elisas Uni vor einem Café.

Natale atmet tief aus, als wir zum Dach des Cafés sehen. Während der Fahrt haben wir nicht viel über die beiden gesprochen. Es gibt nicht viel zu sagen, wir beide stecken in einer komplizierten Situation, Natale noch mehr als ich und doch weiß niemand von uns, wie es weitergehen soll. Trotzdem haben weder er noch ich gezögert und sind sofort losgefahren.

»Weißt du, woran ich denken muss? Damals, wenn Mama und Papa sich mal gestritten haben und er uns mitgenommen hat, um Blumen zu kaufen. Du hast dann immer gesagt, dass du niemals einem Mädchen Blumen kaufen wirst.« Natale lacht leise. »Bisher habe ich das auch noch nie getan.« Ich sehe zu den Männern am Grenzposten und dann wieder zum Dach. »Papa hat uns gesagt, dass wir Frauen treffen werden, die unser Denken verändern, die uns verändern und auch wenn du vielleicht noch keine Blumen gekauft hast, hat Alea das bei dir geschafft. Er hat immer gesagt, die richtigen Frauen werden uns in den Wahnsinn treiben und sieh uns beide an.«

Natale zieht den Schlüssel aus dem Zündschloss und schüttelt nur leicht den Kopf. »Ihr dachtet, mit der Entführung bekommen wir die Karten in die Hand. Seitdem haben wir vielleicht die Karten noch, aber da oben sitzen zwei Frauen, die uns ganz schön um den Verstand bringen. Ganz Italien hält zur Zeit den Atem an und die beiden trinken gemütlich Kaffee und essen Kuchen.«

Wir steigen aus und gehen in das Café hoch. Sobald wir auf dem Dach angekommen sind, fällt unser Blick auf Alea und Elisa, die in Decken eingehüllt mit Kakao in der Hand zusammensitzen und sich unterhalten. Sie werden uns schon gesehen haben, man kann von ihrem Platz auf den Parkplatz sehen und doch ignorieren sie uns weiter, bis wir bei ihnen sind.

»So geht das nicht, ihr beiden.« Natale baut sich vor ihnen auf. Mein Blick gleitet von Elisa zu Alea, die nur ihre Augenbrauen hochzieht. »Sagt wer?« Elisa sieht mir einen Moment in die Augen. Ihre schönen grünen Mandelaugen strahlen in dem Licht der hier aufgestellten Laternen, doch sie sieht genauso schnell wieder weg. Also sehe ich zu Alea. Auch sie ist wunderschön und funkelt Natale gerade wütend an.

»Ich sage das. Wir haben verstanden, wieso du zurück bist, Alea, doch bis wir eine Entscheidung getroffen haben und wissen, was wir tun, solltest du aufpassen. Du darfst hier nicht zur Grenze kommen, es ist zu gefährlich. Auch für Elisa. Wir wissen nicht, was deine Männer planen, ich weiß, dass du denkst, du hast alles unter Kontrolle, doch du solltest die Männer um dich herum nicht unterschätzen.« Alea will gerade etwas erwidern, da steht Elisa auf und zieht Alea mit sich.

»Ist doch in Ordnung. Ich muss eh langsam zurück, weil ich morgen eine Klausur schreibe.« Beide nehmen ihre Taschen, Alea kramt darin, doch da hat Natale schon einen Schein auf den Tisch gelegt und deutet allen zu gehen.

Alea hakt sich bei Elisa ein und die beiden gehen vor uns aus dem Café. Sie besprechen etwas, ich kann nur hoffen, dass sie sich nicht wieder verabreden. Ich kann verstehen, dass sie sich sehen wollen, doch momentan geht das nicht und wenn ich ganz ehrlich bin, kann ich mir nicht vorstellen, dass sich das ändert.

Als wir auf dem Parkplatz ankommen, umarmt Alea Elisa noch einmal und sagt ihr, dass sie ihr schreibt. »Bring Elisa weg, ich warte hier.« Natale gibt mir den Schlüssel und deutet auf Elisa, die sich schon abgewendet hat und in Richtung Bushaltestelle gehen will. Auch wenn ich hinter ihr hergehe, höre ich noch, wie Natale Alea ruft, die nicht zu reagieren scheint, was ihn auffluchen lässt. So viel zum Thema 'in den Wahnsinn treiben'.

Gerade als Elisa an unserem Wagen vorbeikommt, bin ich bei ihr und greife nach ihrem Arm. »Ich fahre dich zur Uni, steig ein.« Ich öffne die Beifahrertür. Wieder sieht mir Elisa in die Augen, ich kann förmlich sehen, wie es in ihrem Kopf arbeitet.

»Komm schon, Elisa.«

Ich hasse es, dass sie mich nicht einmal in ihre Nähe lässt, doch zu meiner Verwunderung und zu meinem Glück nickt sie dann nur knapp und setzt sich tatsächlich in den Wagen.

Um nicht zu riskieren, dass sie es sich noch einmal anders überlegt, steige ich schnell ein und gebe Gas, dabei sehen wir, wie Alea in ein schwarzes Auto steigt und wegfährt und Natale ihr hinterherblickt.

»Sie ist verletzt, weil er eine neue Frau an seiner Seite hat.« Ich wende das Auto. Überrascht, dass Elisa von alleine mit mir spricht, sehe ich zu ihr und dann auf die Straße. »Das bedeutet ihm nichts. Es ist kompliziert, sie steht jetzt nicht mehr nur als Schwester und Tochter der Scaranos vor ihm, sie ist jetzt die Anführerin.«

Elisa sieht aus dem Fenster. »Das ändert nicht, dass es die Frau gibt, auch wenn es ihm nichts bedeutet. Alea steht aber nicht ohne Grund jetzt so vor ihm. Wenn alles gut geht, kann es endlich nach so vielen Jahren Frieden in Italien geben, das wollen wir doch alle, oder sind die Rebellen mittlerweile selbst schon so voller Hass, dass sie das gar nicht mehr wollen?«

Ich spüre ihren Blick auf mir, genau diese Frage werden wir alle uns stellen müssen, ich muss an Alea denken und dann auch an die Frauen von uns und wie wir sie vorgefunden haben, meine Eltern, meinen Bruder …

»Auch das ist kompliziert.«

Elisa lacht leise auf. »Vielleicht macht ihr es auch nur kompliziert, vielleicht ist es manchmal ganz einfach, doch weil ihr so tief in eurer Rachewelt lebt, erkennt ihr das einfache Ziel vor Augen gar nicht mehr. Es ist nicht alles kompliziert, ihr macht es nur kompliziert. Es …. ach es ist egal, vergiss es.«

Ich weiß, dass sie nun von uns beiden spricht. Alles in mir schreit danach, sie nicht schweigen zu lassen, weiter mit ihr zu diskutieren, doch ich weiß, dass ich es jetzt nicht eskalieren lassen darf. Ich kann froh sein, dass sie hier bei mir ist, dass sie mich an sich heranlässt, ich sollte das nicht kaputtmachen. Also atme ich durch und sehe einen Moment zu ihr.

»Wie gesagt, Elisa, auch wir sind hierzu … nicht ausgebildet oder geboren. Auch uns trifft nach all den Jahren manchmal noch etwas, was uns weit zurückwirft und was uns dann auch Fehler machen lässt. Ich will mich nicht wieder mit dir streiten, doch ich will, dass du weißt, dass wenn ich einen Fehler gemacht habe, es getan habe, um dich zu schützen, mehr nicht. Um dir ein anderes Leben zu ermöglichen, eines, was du gerade führst. Wenn du mir das vorwerfen willst, dann tue das, doch für mich war es in diesem Moment das Richtige, ich habe meine Gefühle nach hinten gestellt, um dich glücklich zu sehen. Wenn du mich dafür hassen willst, kann ich dich nicht davon abhalten, doch …«

Elisa unterbricht mich scharf.

»So einfach ist das nicht, Nash. Ich habe mir selbst lange genug darüber Gedanken gemacht. Ich habe nicht gewusst, dass du dich nur in die lange Schlange der Männer einreihen willst, die glauben, sie können für mich diese Entscheidungen treffen. Ich habe sie getroffen, auch wenn ich all die Risiken kannte, du hast dann nur beschlossen, dass meine Entscheidung falsch ist. Es geht um die Art, wie du es getan hast, wie du mich in einer Nacht noch in den Armen gehalten hast und mich im nächsten Moment von dir gestoßen hast, nicht nur einmal, immer wieder. Ich habe immer wieder versucht, mit dir zu sprechen, weil ich verstanden habe, dass du unter Schock stehst, doch irgendwann war es genug. Jetzt bist du bereit dazu, doch ich will nicht mehr mit dir sprechen, so wendet sich das Blatt.«

Sie lacht bitter auf. »Genau wie bei Alea, sie stand erst als Gefangene vor euch, nun als Anführerin, doch weder bei ihr noch bei mir ändert es etwas daran, dass wir die gleichen sind. Die gleichen, die mit euch im Haus eurer Eltern waren, weder Alea noch ich haben diese Veränderung gewollt, also wirf uns jetzt nicht vor, dass wir damit leben.«

Mein Griff um das Lenkrad wird stärker. Es kostet mich alles, zu schweigen. Ich bin nicht der Mensch dafür, mir liegen tausend Wörter auf der Zunge, doch ich weiß, dass es die Situation nur eskalieren lässt. Niemand auf der Welt könnte mich dazu bringen, mich so zurückzunehmen, nur Elisa, die mittlerweile aus dem Auto auf die dunkle Landschaft sieht und für die das Thema damit offenbar beendet ist.

Die ganze restliche Fahrt ist ein Kampf. Ich weiß nicht, wann ich sie wiedersehe, doch um nicht zu riskieren, dass wir uns erneut streiten, beiße ich mir auf die Zunge, bis wir vor ihrem Campus halten. Ich kann froh sein, dass sie mich überhaupt an sich heranlässt, in den letzten Wochen hat sie das nicht.

Elisa greift schon nach dem Türöffner, doch hält noch einmal an.

»Hast oder hattest du auch jemanden nach mir? Egal ob es dir etwas bedeutet hat oder nicht?«

Ihre Stimme ist leise, sie sieht mich nicht an und erneut spüre ich, wie verletzt sie noch immer ist. Sie mag noch so wütend sein, mir Dinge an den Kopf werfen, ihr Leben weiterleben, meine Blumen nicht annehmen und mich in den Wahnsinn treiben, doch in diesen Momenten erkenne ich einfach, wie verletzt sie unter all der Wut ist und ich könnte mich selbst dafür umbringen, dass ich der Grund dafür bin.

»Nein, mein Herz gehört dir, Elisa. Ich liebe dich, das hat sich nicht geändert.« Elisa sieht zu mir, wir sehen uns in die Augen und ich hoffe, dass sie darin erkennt, dass ich die Wahrheit sage, keine andere Frau interessiert mich.

Ein Nicken, mehr bekomme ich nicht und doch setzt sich immer mehr Hoffnung in mein Herz. Ich weiß, dass ich nicht übermütig werden darf, doch als sie die Tür öffnet und gehen will, greife ich noch einmal nach ihrer Hand und umfasse sie einen Moment mit meiner.

»Denkst du, wir können noch einmal in Ruhe über alles sprechen, Elisa?« Ihr Blick gleitet auf unsere Hände, ich streiche über ihren zarten Handrücken, am liebsten würde ich sie einfach an mich ziehen und endlich wieder im Arm haben, wenn auch nur für einen winzigen Moment, doch da entzieht sie mir ihre Hand bereits wieder.

»Ich weiß es nicht, Nash, ich weiß es wirklich nicht. Pass auf dich auf.«

Mit diesen Worten steigt sie aus. Ich fluche auf und schlage auf das Lenkrad. Im Grunde weiß ich, dass ich froh sein kann, dass ich diese Schritte auf sie zugehen konnte, doch sie kommen mir noch so klein vor, zu wenig.

Ich sehe zu, wie sie auf den Campus geht und in der Dunkelheit verschwindet, einen Augenblick denke ich an den Moment, als Natale, Alea, Elisa und ich zusammen im Haus unserer Eltern am Feuer saßen und einfach nur wir selbst waren.

Gerade liegen Welten zwischen dem und dem, wo wir alle uns jetzt befinden, obwohl es eigentlich nur einige Monate sind.

Noch einmal fluche ich auf und fahre los, meinen Bruder abholen, dem es garantiert nicht viel besser geht als mir.

Kapitel

11

Alea

»Die Männer werden unruhig.«

Mein Vater sieht von seinem Frühstück auf. Marco hat sich zu uns gesetzt. Er war gestern in Rom und ist gerade wieder zurückgekommen. »Wie viele Männer stehen noch hinter uns?« Der Blick meines Vaters wird sofort ernster. »Schwer zu sagen, aber nicht mal mehr als hundert, es sind die letzten Monate schon immer wieder welche abgesprungen, jetzt nach Micheles Tod und dem Treffen mit den Rebellen waren es noch mehr.«

Ich versuche ruhig zu bleiben. Da ich gleich meinen Termin im Gefängnis habe, habe ich mich schon angezogen und zurechtgemacht. »Das ist nicht wichtig. Wenn meine Eltern sich zurückziehen, brauchen sie eh nur eine Handvoll Männer. Allen anderen steht es frei zu gehen.«

Mein Vater legt sein Messer beiseite. »Wenn, Alea, wir wissen nicht, wie die Rebellen sich entscheiden. Sollten sie sich darauf nicht einlassen, haben wir kaum noch Männer.« Marco sieht mich ebenfalls an. »Nicht nur das, die Männer scharen sich um Lorenzo, er ruft täglich an, dass er mit dir sprechen möchte. Es kann auch sein, dass er sich gegen uns wendet und alles übernehmen will, zuzutrauen wäre es ihm. Ich habe mich um alle Geschäfte gekümmert, die legal sind und die wir auch weiterführen, wenn die Scaranos aufgelöst werden, alle anderen rufen an und wollen wissen, was los ist. Wie lange sollen wir sie noch hinhalten? Der neue Präsidentschaftskandidat gibt am Freitag ein Bankett, zu dem du eingeladen bist. Auch wenn du für die Zukunft andere Pläne hast, solltest du das noch mitmachen.«

Mein Vater will sein Handy herausholen und loslegen, doch ich hindere ihn daran und lege meine Hand auf seine.

»Nein, wir tun nichts. Sie alle werden nervös, wir nicht. Wir behalten unsere Nerven. Pack mit Mama alles Wichtige zusammen, was ihr von hier mitnehmen möchtet. Vielleicht muss es doch irgendwann schnell gehen. Entscheidet, welche Häuser ihr behalten wollt, welche Autos, all das, und Marco, du kümmere dich darum, dass der Rest zu Geld gemacht wird, so unauffällig und schnell wie möglich. Ich habe jetzt einen Termin im Gefängnis. Sag am Freitag dem Bankett zu und Lorenzo, dass ich gerade viel zu klären habe und ihn am Montag treffe, so können wir Zeit gewinnen und die Leute gleichzeitig beruhigen.«

Marco nickt, ich bin froh, dass ich ihn als Vertrauten habe. »Ich sollte dich begleiten, das Gefängnis ist riesig und ein Teil liegt im Rebellengebiet, somit kann es Probleme geben.« Ein Blick auf mein Handy verrät mir, dass ich losmuss und auch, dass er sich gemeldet hat.

»Nein, wenn ich da mit Männern auftauche, zieht das Aufmerksamkeit auf sich, nicht nur von den Rebellen, auch von Lorenzo. Wenn ich alleine bin, beachtet mich kaum jemand. Kümmere du dich hier um alles, ich helfe dir, sobald ich zurück bin. Mama, hilf Papa, alles auszusortieren und achte darauf, dass er sich schont.«

Ich gebe erst meiner Mutter und dann meinem Vater einen Kuss auf die Wange, dann auch Marco, weil ich dankbar bin, dass er an unserer Seite steht. Marco lacht auf. »Also ich muss sagen, dass auch wenn du natürlich einen anderen Weg gehen willst, du das Ganze gut im Griff hast. Besser als deine Brüder.« Nun muss ich auch lachen. Mir fällt es auch nicht schwer, doch es strengt mich an. Ich hebe meine Hand, setze mich in den silbernen BMW von Matteo, den keiner mehr fährt und erst da sehe ich wieder auf mein Handy.

Gestern, nachdem ich ohne weiter mit Natale zu sprechen von dem Café weggefahren bin, hat er mir geschrieben. Meine Nummer habe ich ihm ja gegeben, doch statt sich wegen einer Entscheidung zu melden, hat er mir gestern geschrieben, dass ich zu unvorsichtig bin, ich soll nicht zu nah an die Grenze kommen, da ich nun als offizielle Anführerin der Scaranos ein ganz anderes Ziel bin. Erst wollte ich nicht antworten, doch dann habe ich gemerkt, dass er recht hat und ihn informiert, dass ich heute im Gefängnis bin, so kann er dafür sorgen, dass die Rebellen mich dort in Ruhe lassen, wo das Gefängnis auf ihrer Seite ist.

Gestern hat er es nicht mehr gelesen, doch offenbar jetzt. Ich öffne seine Nachricht. Er schreibt, wieso ich so unvernünftig bin und dass ich den Termin absagen soll. Ich antworte nur, dass ich bereits auf dem Weg bin und dass sie ja nun Bescheid wissen, stelle die Musik ein und schalte sie laut, während ich unser Grundstück verlasse.

Hoffentlich
Sieht sie nicht aus wie ich
Mag nicht, was ich mag
Redet nicht den ganzen Tag

Weiß sie, dass du an mich denkst?
Glaubt sie, dass sie dich gut kennt?
Mh-hm, sie bleibt dir nur fremd
Sie bleibt dir nur fremd

War das nur ein One-Night-Stand
Oder glaubst du, dass sie um dich kämpft?
Tu doch bitte nicht verliebt, wenn du sie nicht liebst
Ich glaub dir kein Wort, weil du immer lügst

Wann wird sie das wissen? Sag mir, wann?
Dass du mich noch nicht vergessen kannst
Wann wird sie das wissen? Sag mir, wann?
Sag mir, wann?

Ich weiß, dass du immer allein bist
Egal, wer dich grade einnimmt
Und immer, wenn du heimgehst
Weiß ich genau, dass ich dir fehl
Wenn du zurück bist, ich wunder, wunder mich dann nicht
Ich wunder, wunder mich dann nicht
Ich wunder, wunder mich dann nicht, mich dann nicht ...[3]

---

3   Songtext Lied von Apache 207 und Ayliva Wunder auf italienisch

Meine Gedanken kreisen wieder um Natale, ich weiß nicht, wie er sich entscheiden wird, wie sie alle sich entscheiden werden, doch ich kann nur hoffen, dass er mir helfen und diesen Wahnsinn ein für alle Mal beenden wird. Ich kann es nur hoffen.

Als ich vor ihm stand, wusste ich nicht, wie er reagiert, dass ich nun so vor ihm stehe. Es passt ihm nicht und doch spüre ich, dass er trotzdem nicht zulassen wird, dass mir etwas passiert. Ich kann es nicht einmal an etwas Konkretem festmachen, wieso es so ist, doch ich spüre es. Deswegen weiß ich auch, dass mir jetzt nichts passieren wird, egal wie wütend ihn die Tatsache macht, dass ich nicht auf ihn höre.

Das andere, was mich beschäftigt, ist, dass er eine Frau an seiner Seite hat. Mir war bewusst, dass er sicher etwas mit einer anderen Frau haben wird, doch nicht, dass er eine Beziehung führt. Es trifft mich, das sollte es nicht und doch tut es das und deswegen will ich nicht mit ihm sprechen. Das Letzte, was ich will, ist, dass er spürt, wie sehr es mich trifft.

Deswegen wechsle ich die Musik und fahre den langen Weg zum Gefängnis, dabei versuche ich, meine Gedanken zu sortieren. So sicher wie ich vor meinen Eltern und Marco auftrete, bin ich nicht. Ich weiß, wo wir stehen. Entweder es klappt, wie ich es geplant habe, oder es stürzt alles über uns zusammen. Es gibt keinen Plan B und dieses Wissen macht mich fertig. Ich schlafe kaum und wenn, dann schlecht, ich habe keinen Appetit und doch schaffe ich es auch jetzt wieder, als ich auf dem großen Parkplatz vor dem Gefängnis warte, noch einmal in den Spiegel zu sehen, meinen Zopf enger zu ziehen, meine Lippenpflege aufzulegen und mit meiner Handtasche auszusteigen. Dabei sehe ich noch einmal auf mein Handy.

'Sturkopf'

Das ist alles, was Natale dazu noch zu sagen hat. Ich stecke es weg und sehe auf das graue Gebäude vor mir. Es ist das erste Mal, dass ich ein Gefängnis so aus der Nähe sehe, geschweige denn betrete. Es wirkt riesig. Hier sind Männer und Frauen eingesperrt, es gibt verschiedene Abteilungen wegen unterschiedlich schwerer Vergehen. Mehrere Schilder führen mich zu einem Eingang. Hier stehen schon zwei Wachmänner davor. Ich sage ihnen, dass ich einen Termin habe und zeige meinen Ausweis. Marco hat mir meinen richtigen Ausweis besorgt, was gut war, die Wachmänner lesen meinen Namen, schließen den Ausweis und halten mir die Tür auf.

Ich muss durch zwei weitere bewachte Türen und dann in einem hellen Vorraum vor einer Anmeldung warten. Es dauert, bis ein Mann kommt, der mich zu sich bittet. Wieder zeige ich meinen Ausweis. »Ich habe einen Termin.« Der Mann ist älter, Kekskrümel haben sich in seinem grauen Schnurrbart verfangen und sein Hemd spannt über seinem Bauch. Sein Blick gleitet an mir hinab. Ich trage eine hellblaue Jeans, ein weißes Hemd und braune Stiefel. Meinen Mantel habe ich mir über den Arm gelegt, weil es hier drinnen warm ist.

»Sind Sie hier, um im Namen Ihrer Familie Rache zu nehmen? Es wird eigentlich nicht gestattet, dass die Familie des Opfers zu der Täterin gelassen wird.« Natürlich nicht. »Das habe ich nicht vor, ich bin auch nicht hier, um mit Ihnen zu diskutieren, ich habe einen Termin und es wäre besser für Sie, wenn Sie mich reinlassen würden.«

Eines der meisten Dinge, die ich immer gehasst habe, ist, wenn meine Brüder mit dem Namen unserer Familie gedroht haben, ich habe das selten oder nie getan, doch ich weiß, dass ich es jetzt tun muss.

Der Mann blickt auf und will gerade etwas sagen, da erst bemerke ich, dass die Tür hinter uns offen steht und jemand durchgekommen ist. »Sie hören, was sie sagt, lasst sie durch!« Natales raue Stimme lässt mich einen Moment die Augen schließen, bevor ich mich zu ihm umwende.

»Du hättest nicht extra kommen müssen, es reicht, wenn ...« Natale nimmt dem Mann meinen Pass aus der Hand und reicht ihn mir. Heute trägt er einen weißen Hoodie, Jeans und eine dicke Winterjacke. Er sieht gut aus, zu gut, ich wende meinen Blick gleich wieder ab und stecke meinen Pass ein.

»Natürlich nicht, Sturkopf, doch du vergisst, dass die Leute hier auf unserer Seite sind und nicht das tun, was die Scaranos wollen. Also, kannst du mir netterweise erklären, was wir hier tun?«

Der Mann lässt uns durch eine verriegelte Tür, wir gehen einen langen Weg entlang, wo wir durch die nächste verschlossene Tür gelangen. Dahinter stehen zwei Männer. »Wir müssen Sie durchsuchen.« Sie sehen nur mich an. »Ich bleibe bei ihr.«

Als wäre das die Garantie überhaupt, nicken die beiden und lassen uns weiter, einer führt uns zu einem Raum, in dem mehrere Tische stehen, doch keiner ist besetzt. Nur ein Wachmann bleibt bei uns und deutet uns, uns zu setzen.

»Ich muss jemanden treffen, die Frau, die Michele erschossen hat, es geht also nicht um die Geschäfte. Du hättest nicht extra selbst kommen müssen, du hast doch sicherlich einiges zu tun.«

Wir setzen uns nebeneinander, auch wenn ich es nicht wollte, kommt der letzte Satz bissiger rüber, als er sollte. Natale zieht sich die Jacke aus, nimmt meine und legt beide neben sich auf einen Stuhl. »Also du kannst wahrscheinlich vieles behaupten, aber nicht, dass ich mir nicht immer Zeit für dich genommen habe, ob du wolltest oder nicht.«

Nun hat er mich so weit und ich muss lächeln, ich muss an die vielen Tage denken, als er mich zum Wahnsinn getrieben hat, weil ich ihn überallhin begleiten musste und dann auch, wie er mich retten wollte, auch wenn er das nicht musste, doch er war da und nur das zählt und auch jetzt ist er wieder da.

»Ob ich will oder nicht, scheint dein Gesamtkonzept zu sein.« Natale lacht auf. »Was dich betrifft, vielleicht. Also verrätst du mir …?«

Ich unterbreche ihn. »Natale, du bist so … du kommst einfach, du sitzt jetzt hier neben mir. Was wäre denn, wenn ich gerade hier bin, um irgendwelche Killer der Scaranos zu befreien oder einen Komplott plane? Du traust mir so etwas noch immer nicht zu. Auch wenn wir uns sechs Monate nicht gesehen haben, vertraust du mir noch, oder?« Natale sieht mir in die Augen.

»Ich kenne dich, Alea, das ist alles und du doch genauso, oder wieso hast du dich einfach vor meine Männer gestellt und nach mir gefragt? Du weißt, dass ich es nicht zulasse, dass dir etwas passiert und ich weiß, dass du das auch bei mir und den Rebellen nicht zulassen würdest, nicht, wenn du es verhindern kannst.«

Ich atme tief aus, er hat recht. »Im Grunde hat sich nichts verändert und doch … sieh uns an, hat sich alles verändert.« Natales Blick wird ernst, er beugt sich etwas weiter zu mir, doch in diesem Moment geht die Tür auf der anderen Seite des Raumes auf und zwei Wachen bringen eine Frau an Armen und Beinen gefesselt in den Raum.

Ich schlucke schwer, was heißt eine Frau, es ist noch ein halbes Kind, sie sieht so jung aus. Auch wenn sie schon einige Tage hier drin ist, sieht man noch alte blaue Flecken an ihren zarten Armen, ein Arm ist in einer Schlaufe und sie sieht unsicher von Natale zu mir.

»Amalia? Hey, du brauchst keine Angst zu haben. Ich bin Alea, die Schwester von Michele. Ich bin nicht hier, um dir etwas zu tun. Ich wollte nach dir sehen, ich wollte wissen, was wirklich passiert ist.« Natale neben mir sieht zwischen dem Mädchen und mir hin und her, dann macht er es sich bequem, er weiß nun, warum wir hier sind.

Das Mädchen hat lange schwarze Haare und dunkle traurige Augen. Sie wirkt wie sechzehn und beginnt zu weinen, sobald sie sich gesetzt hat.

»Ich wollte das nicht. Das müsst ihr mir glauben! Das alles nicht. Mein Bruder kam und hat mir gesagt, dass ich heirate.

Ich bin noch zur Schule gegangen und von einem auf den anderen Tag war mein Leben vorbei. Ich war auf dieser großen Feier, meiner Hochzeit und habe Michele getroffen, es war … ich kann mich nicht mehr an viel erinnern. Danach war ich immer in einem Haus. Michele hat mich geschlagen und mich … ich musste tun, was er wollte, jeden Tag, immer wieder. Er hat mir so wehgetan, so sehr … ich hatte niemals Pause. Ich durfte niemals das Haus verlassen. Es war schrecklich. Ich weiß, es war dein Bruder, doch ich konnte nicht mehr. Ich erwarte keine Gnade, mein Bruder hat mir gesagt, dass ich keine zu erwarten habe, doch ich will, dass alle wissen, dass ich es nicht wollte.«

Natürlich weiß ich, wie Michele ist, doch es noch einmal zu hören, bricht mein Herz für dieses zarte Mädchen, das genau wie die meisten Frauen einfach nur ein Opfer dieser mächtigen Männer ist. Ich traue mich nicht, zu Natale zu sehen, er weiß, was für ein Monster Michele war, trotzdem schäme ich mich vor ihm für meinen Bruder.

»Lorenzo war hier? Was hat er gesagt? Was ist an diesem Abend passiert?« Sie weint noch immer, doch vielleicht spürt sie auch, dass ich es gut mit ihr meine. »Ich war mit ihm auf Reisen, ich dachte, ich kann endlich mal etwas sehen, doch ich war nur im Flieger, im Auto und dann wieder im Zimmer.« Sie stockt.

»Dort hat er zwei seiner Männer gerufen...«

Sie sieht auf den Tisch und wird leiser.

»Sie haben mich die ganze Nacht … benutzt, immer wieder. Michele hat gesagt, dass er nicht noch einmal so lange wie bei seiner ersten Frau auf einen Erben warten wird und deswegen sollten ihm die Männer helfen. Ich dachte, ich sterbe. Als ich auf dem Boden wachgeworfen bin, habe ich angefangen zu weinen, weil ich wieder wachgeworden bin. Ich wollte nur noch sterben. Seine Waffe lag auf dem Schreibtisch, er hat geschlafen, ich wusste, dass wenn ich das nicht tue, ich das immer wieder ertragen muss ...«

Natale neben mir räuspert sich leise, ich halte weiter die zarte Hand des Mädchens.

»Eigentlich wollte ich nur mein Leben beenden, niemals seins, doch dann habe ich daran gedacht, was er mir von seiner ersten Frau erzählt hat und ich wusste, dass es nach mir nur noch eine weitere Frau geben wird. Deswegen habe ich es getan, damit niemand nach mir das noch einmal ertragen muss. Ich habe so oft geschossen, wie ich konnte und dann wollte ich mich selbst ... doch die Waffe war leer, ich war zu dumm und ... nun bin ich hier.«

Ich sehe ihr in die Augen. »Du warst sehr mutig, Amalia, sieh mich an. Du hast alles richtig gemacht, hörst du. Ich bin seine Schwester und ich weiß, dass das das Beste ist, was du tun konntest. Du hattest keine Wahl und du hattest mit allem recht. Was hat Lorenzo zu dir gesagt?«

Verwundert über meine Worte sieht sie mich hoffnungsvoll an. »Er war ein paar Stunden nach meiner Verhaftung hier, er hat nur gesagt, dass ich seine Pläne durchkreuze und er dafür sorgen wird, dass ich so weit weggesperrt werde, dass man mich vergisst und ich im Dreck verschimmle. Das war es, mehr kam nicht.«

Das erste Mal sehe ich zu Natale, unsere Blicke treffen sich. Auch wenn wir nicht auf derselben Seite stehen, weiß ich, dass er immer hinter mir steht. Dann wende ich mich wieder an sie. »Ich werde dich hier rausholen, hörst du. Dann musst du direkt nach Kalabrien, kehre nicht in dein Zuhause zurück, du musst fliehen.« Das erste Mal richtet sich Natale an sie. »Zwei meiner Männer werden dich hier rausholen am Wochenende, rede solange mit niemandem. Sie bringen dich aus Italien raus, kehre nicht zurück und beginne ein neues Leben.«

Dankbar greift dieses Mal sie nach meiner Hand, sie will sie küssen, doch ich entziehe sie ihr. »Danke, danke, ich dachte, ich würde hier für immer … danke, Gott segne euch beide.« Die Türen gehen auf und zwei weitere Wachen kommen, um sie wieder herauszuholen. »Du musst uns nicht danken, meine Familie muss dich um Verzeihung bitten, leb ein neues Leben und fange ganz von vorne an. Wenn du etwas für mich tun willst, dann das.«

Sie nickt und strahlt. Ich erkenne, wie hübsch sie hinter all der Angst und Trauer ist und lächle sie zurück an. Wir warten, bis sie aus dem Raum gebracht wird, dann führt eine der Wachen uns zurück durch einen Gang, er sagt, er muss Papiere holen und lässt uns dort warten.

Erschöpft lehne ich mich gegen die Wand, Natale reicht mir meinen Mantel. »Das Gleiche wollte ich für dich, dass du neu anfängst, doch du bist zurückgekommen.« Ich blicke auf und in seine Augen. »Ich bin zurückgekommen, damit alle in Frieden leben können, das hier ist unsere einzige Chance, Natale, das musst du begreifen, für alle, die Scaranos und die Rebellen, es ist wichtig, dass du das verstehst.«

Natale lacht auf, er kommt näher, Wut und auch etwas anderes, tieferes funkelt in seinen Augen.

»Du bist so stur, Alea …« Ich stelle mich wieder richtig hin und dann sind wir uns so nah, dass sich fast unsere Nasenspitzen berühren. »Ich bin nicht stur, ich höre nur nicht auf dich, so wie du es sonst immer gewöhnt bist.«

Natale lässt mich nicht eine Sekunde aus den Augen.

»Du treibst mich in den Wahnsinn …« Er kann die Worte kaum beenden, da legen sich seine Lippen sehnsüchtig auf meine. Erst bin ich überrascht, doch dann setzt sich die Sehnsucht in mir frei, die ich, seit ich Italien verlassen habe, in mir trage. Deswegen erwidere ich den Kuss sofort, den er in der nächsten Sekunde vertieft.

Wie sehr ich diesen Mann vermisst habe, ich lasse meinen Mantel fallen und meine Arme legen sich um seinen Hals. Wieder spüre ich die Wand an meinem Rücken. Ich habe es in seinen Augen erkannt, doch spätestens dieser Kuss zeigt mir, dass auch Natale oft an uns gedacht hat. Er will den Kuss beenden, doch ich lasse ihn nicht aus meinen Armen. »Warum bist du zurückgekommen, Alea? Ich kann dich hier nicht mehr schützen.« Seine Lippen streifen meine Wange, meine Lippen, mein Kinn und gleiten meinen Hals entlang. »Du fehlst mir, Natale …«

Seine Hände gleiten unter meine Bluse, streichen meine Haut entlang. Seine Lippen kommen wieder über meine.

»Du fehlst mir auch, jeden Tag … Nichts hat sich geändert, Alea, komm her.« Er verschließt unsere Lippen wieder, doch in diesem Moment komme ich wieder zu mir und drücke ihn mit meiner letzten Willenskraft weg. Wir beide atmen schwerer und sehen uns an, Sehnsucht hängt zwischen uns und doch würde ich ihn am liebsten noch einmal schubsen.

»Nichts hat sich verändert? Hast du dir deswegen eine Freundin gesucht? Nicht mal eine Frau, die du hier und da im Bett hast, nein, gleich eine richtige Beziehung. Hältst du sie im Arm nachts und denkst an mich? Halte mich nicht für so dumm. Alles hat sich geändert.«

Ich greife an ihm vorbei nach meinem Mantel. Natale legt den Kopf schief. »Meinst du das ernst? Ich bin hier bei dir und denke darüber nach, wie ich uns alle aus dieser ganzen Scheiße bekomme, ich stelle mich vor dich und dein Problem ist irgendeine Frau, die ich im Bett habe?«

Die Wache kommt in diesem Moment zurück und das ist gut für Natale. Sie schließt die Tür auf, die uns direkt auf den Parkplatz führt.

Noch einmal sehe ich Natale in die Augen. »Das ist das Problem, sie ist eben nicht einfach nur eine Frau, die du im Bett hast.« Mit diesen Worten wende ich mich um, Natale will mir hinterher. »Alea, dieses Mal …« Ich höre, wie der Wachmann ihn aufhält, weil er Papiere unterschreiben muss, gehe zum Auto und fahre davon.

Meine Lippen prickeln, ich atme sehnsüchtig Natales Duft ein, der noch immer an mir liegt und sehe im Rückspiegel, wie Natale auf den Parkplatz tritt und fluchend hinter mir hersieht.

Sein Gesichtsausdruck und sein Geschmack auf meinen Lippen ist ein Versprechen dafür, dass hier noch nicht das letzte Wort gesprochen ist.

Kapitel 12

Natale

»Verdammt, Alea!«

Einen Moment sehe ich noch ihrem silbernen Wagen nach, noch immer schmecke ich ihren süßen Geschmack auf meinen Lippen. Egal wie sehr ich mir die letzten Wochen und Monate versucht habe einzureden, dass sie für mich irgendwann wie jede andere Frau sein wird, ich musste ihr nur einmal in die Augen sehen, um genau zu wissen, dass Alea immer mehr sein wird.

Ich habe sie die ganze Zeit vermisst. Auch wenn ich es so gut wie möglich versucht habe zu verdrängen und nicht zu zeigen, konnte ich mir selbst da nichts vormachen, und gerade als ich sie wieder bei mir hatte, gespürt und geküsst habe, ist alles mit solch einer Wucht zurückgekommen, dass ich noch eine Weile hinter dem Auto hersehe, bis ich wieder einen einigermaßen klaren Gedanken fassen kann und selbst zurückfahre.

Ich habe noch einiges zu tun. Als ich gerade im Hof ankomme, macht sich eine neue Einheit bereit, um die Kämpfer draußen abzulösen. Auch ich sollte mitfahren, doch ich sage, dass ich erst noch einiges erledige und dann nachkomme. Als Erstes gehe ich in den Speisesaal, ich sage Bescheid, dass ich gleich bei mir esse, ich muss einige Dinge klären und brauche dafür Ruhe.

Gerade als ich die Treppen nach oben laufe, rennt Luca fast in mich hinein, der auch mit zur Einheit gehört. »Kommst du nicht mit?« Ich deute nach oben. »Ich muss dringend ein paar Dinge erledigen, dann komme ich nach. Wo ist Nash?« Luca ist schon fast aus der Tür heraus und schiebt sich seine Waffe in den Hosenbund. »Der ist beim Arzt und hilft ihm bei etwas. Ach übrigens, das Büro von Carlos hat angerufen. Lorenzo und die Scaranos haben für das Bankett zugesagt, er scheint dort einiges geplant zu haben.« Mist, das hatte ich schon wieder fast vergessen. Unser Präsidentschaftskandidat steht kurz davor, das Land zu übernehmen und will seine Haltung deutlich klarmachen und schon vor der Wahl ein Zeichen setzen. Ich war voll und ganz auf seiner Seite, wir unterstützen ihn, doch da wusste ich auch noch nicht, dass Alea zurück ist und mit den Scaranos gemeint ist.

»Ruf das Büro zurück, sobald du im Auto bist. Ich will wegen dem Bankett mit ihm sprechen. Er soll nicht vergessen, wer ihm dorthin geholfen hat, wenn er uns etwas sagen will, soll er selbst anrufen und nicht seine Sekretärin vorschicken.

Ich erwarte seinen Anruf innerhalb von einer Stunde.« Luca nickt und weg ist er.

Mein Kopf dröhnt, mein Magen knurrt und noch immer schmecke ich Alea auf meinen Lippen. Gegen fast alles kann ich etwas tun, nur diese Sache wird nicht so schnell zu lösen sein. Der Besprechungsraum ist leer, ich will essen, alles klären und dann ...

Sobald ich die Tür zu meinem Wohnbereich öffne, blicke ich auf Maja, die in meinem Shirt auf der Couch liegt und sich eine Serie ansieht. Obwohl, vielleicht kann ich auch in der Sache mit Alea etwas tun. Maja setzt sich auf und strahlt mich an. »Da bist du ja wieder, ich habe auf dich gewartet und ...« Ich gehe zu meinem Schreibtisch. »Maja, ich weiß, dass wir in den letzten Wochen viel Zeit miteinander verbracht haben, doch wenn du jetzt denkst, dass du das Recht hast, dich in meiner Abwesenheit in meinem Bereich aufzuhalten ...« Sie hebt die Hand. »Nein, das ... so war das nicht, ich wollte dich überraschen und etwas ablenken. Ich spüre, dass du sehr angespannt bist die letzten Tage. Lass uns zusammen in die Sauna gehen und dann kannst du ...«

Maja ist eine tolle Frau, sie ist hübsch, sexy und loyal, es gibt genug Männer, die verrückt nach ihr sein werden, doch jetzt mit dem Geschmack von Alea auf meinen Lippen und dieser tiefen Sehnsucht in meinem Herzen weiß ich, dass das nicht richtig ist. Dass es nicht fair ist. Sie kommt zu mir und will mich küssen, doch allein der Gedanke, dass sie mir Aleas Geschmack raubt, lässt mich zwei Schritte weg zum Schreibtisch gehen, wo ich mein Handy ablege.

»Ich habe zu tun und ich denke, dass wir uns generell nicht mehr so viel sehen sollten. Du bist eine fantastische Kämpferin und wir brauchen dich. Es war ein Fehler, das beides zu mischen, das wussten wir beide, lass uns einfach ...«

Maja zieht die Augenbrauen zusammen.

»Es ist wegen ihr, oder? Wegen der Scarano? Seit sie zurück ist, hast du mir kaum noch in die Augen gesehen. Du weißt, dass ihr keine Zukunft habt, dass sie auf der Seite deiner Feinde steht? Nein im Grunde, ja, sie ist jetzt dein größter Feind und dafür ...« Ich unterbreche sie, bevor mein Kopf platzt.

»Ich beende das, weil es nie hätte anfangen sollen. Du brauchst mir nichts wegen der Scaranos zu erzählen, ich lebe schon länger in dieser Welt, glaub mir, ich weiß, wer wo steht. Es ist meine Entscheidung, ich habe dir nie etwas versprochen. Du weißt, dass ich nicht der Typ für etwas Festes bin, du bist eine gute Freundin und ...« Nun lacht sie auf. »Komm mir nicht damit, ich bitte dich. Von mir aus, wenn es dich dann glücklicher macht, das zwischen uns nicht zu benennen, wir müssen es nicht tun. Wir können einfach weiter Spaß haben und ...«

Dieses Mal ist sie schneller, noch während ich mich zu ihr umgewendet habe, hat sie sich zu mir gestreckt und ihre Lippen auf meine gedrückt. Mir kommt Aleas Gesicht und wie sie mich von sich gestoßen hat vor das innere Auge, diese Enttäuschung in ihren Augen. Da sie nicht hören will, schiebe ich Maja von mir und bringe sie zur Tür.

»Ich habe jetzt keine Zeit, Maja, lass uns das nicht zu etwas Schlechtem werden lassen. Ich glaube, dass du gerade beim Training sein solltest, sie warten sicher schon auf dich.«

Ohne eine Antwort abzuwarten, schließe ich die Tür wieder. Wütend fluche ich auf, ich schmecke Alea nicht mehr und auch ihr Geruch, der noch in meiner Nase lag, ist verschwunden. Diese kleine Tatsache trifft mich viel zu sehr und ich nehme mein Handy vom Schreibtisch und schreibe Alea, bevor ich mich endlich um all das Chaos kümmere, was liegengeblieben ist.

'Es hat sich gar nichts geändert, Sturkopf'

Kapitel 13

Elisa

»Ich liebe dich, das hat sich nicht geändert!« Während der Professor mit seinem Laptop kämpft, gehen mir Nashs Worte durch den Kopf. »Sag mal, hast du die Formulare für die Ausstellung morgen schon ausgefüllt? Ich habe keine Lust, mir alles durchzulesen.« Ich schiebe Martha meinen Block zu, in dem auch diese Formulare sind.

Noch ganze fünf Minuten versucht der Professor sein Glück, dann wendet er sich an uns. »Da muss ich erst einmal den Hausmeister rufen, gehen Sie sich schon mal in der Cafeteria Ihr Essen besorgen, wir machen dann die Pause durch und Sie können hier essen.«

Das lasse ich mir nicht zweimal sagen, ich muss mich unbedingt bewegen. »Ich schreibe das hier ab, kannst du mir diese leckeren Thunfischsandwiches mitbringen?« Martha will in ihrer Tasche nach Geld kramen, doch ich deute ihr, dass sie das nicht braucht. Sie hat gestern das Mittagessen bezahlt. »Ich sehe mal nach, ob die heute wieder diesen leckeren Apfelkuchen haben, bin gleich zurück.«

Da ich danach direkt wieder in die Vorlesung gehe, nehme ich nur meine Tasche mit, auf dem Weg zur Cafeteria klingelt mein Handy. Es ist Nash, einen Moment überlege ich, den Anruf einfach wegzudrücken, doch ich ignoriere ihn einfach, dann kommt eine Nachricht.

'Geh ran, es geht um deinen Vater'

Sobald es wieder klingelt, gehe ich ran.

»Hey, ich weiß, du bist in der Uni, aber … es geht um deinen Vater. Er hat schon etwas länger Schmerzen im Bauch. Er hat das nie richtig gesagt, doch gestern und heute waren sie so stark, dass der Arzt sich das richtig angesehen hat. Er hat einige Gallensteine, die sich festgesetzt haben, die Gallenblase muss entfernt werden. Und weil er wirklich starke Schmerzen hat, heute noch. Die Operation wird gerade vorbereitet. Jakop ist schon unterwegs zu dir, er war an der Grenze und kann dich in zehn Minuten abholen. Es sei denn, du willst …«

Ich unterbreche ihn. »Natürlich, ich … ich komme. Ist Apollo bei ihm? Wie geht es ihm? Sollte er nicht in ein Krankenhaus?«

Bei Nash ist es leise. »Der Arzt und ich sind bei ihm. Apollo war die ganze Nacht bei ihm, wir wussten erst nicht, was er hat und dachten, er hat nur etwas Schlechtes gegessen. Heute früh sind Luca und er zu einer Mission aufgebrochen. Sie müssen sich … man kann sie einige Stunden telefonisch nicht erreichen. Dein Vater schläft gerade, die Schmerzmittel sind sehr hoch dosiert, doch das ist auf Dauer nicht gut für den Körper, deswegen wird er bald für die OP vorbereitet.«

Statt zur Cafeteria wende ich mich um und laufe schnell zum Vorlesungssaal zurück. Martha und der Professor sehen mich verwundert an, als ich angerannt komme. »Mein Vater ist krank, ich muss zu ihm …« Beide nicken mir verständnisvoll zu und wünschen gute Besserung.

Statt noch einmal zu meinem Appartement gehe ich direkt vor den Campus und tatsächlich kommt in dem Moment auch Jakop angefahren. Ich setze mich neben ihn, Nash noch immer am Hörer.

»Bei euch? Eine Operation? Sollte er nicht lieber in ein Krankenhaus? Ich meine, der Arzt ist toll, doch …« Jakop fährt los, er hat eine Tüte Kekse in der Hand und bietet mir welche an, doch ich lehne ab.

»Unser Arzt ist nicht irgendein Arzt. Er war der Chefarzt von Italiens größter Klinik, bis die Scaranos Teile seiner Klinik als Lagerräume nutzen wollten, um so unauffällig wie möglich Ware zu verstauen. Als er sich gewehrt hat, hat er seine Frau drei Tage später tot in ihrem Haus gefunden. Das hat ihn zu uns geführt und nun hilft er uns, wo er kann. Zwei unserer Kämpfer haben auch medizinische Ausbildungen, sie helfen ihm, wenn Operationen anstehen. Er hat hier schon so einiges geschafft. Du hast unseren Operationsbereich noch nicht gesehen, vertrau uns. Deinem Vater wird es hier an nichts fehlen. Ich bleibe bei ihm, bis du hier bist.«

Erst jetzt im Auto merke ich, wie meine Hände zittern, trotzdem spüre ich eine Erleichterung, dass Nash da ist, dass er bei meinem Vater ist. Ich weiß, dass er sich gut um ihn kümmern wird.

»Danke, danke für alles.«

»Nicht dafür.«

Ich lege auf und sehe aus dem Fenster, wir haben die Stadt verlassen und fahren auf den Landstraßen. »Es tut mir leid mit deinem Vater, Nash hat recht, er ist in den allerbesten Händen.«

Auch wenn seine Worte lieb gemeint sind, kommt mein Herzschlag nicht zur Ruhe. Ich kann mich nicht mehr daran erinnern, wann mein Vater das letzte Mal etwas hatte. Er war immer gesund, zumindest ist er nie zum Arzt gegangen. Vielleicht hatte er hier und da mal Kreuzschmerzen, doch nichts Ernstes. Als wir zu den Rebellen geholt wurden, hat der Arzt auch ihn untersucht und es sah alles gut aus.

»Ich wollte dir die ganze Zeit schon etwas sagen: Seit damals, weißt du, als das passiert ist mit den Frauen, mit Jamila, ich weiß nicht genau, was du davon weißt, aber ich habe ja mitbekommen, dass Nash sich danach von dir getrennt hat. Ich sehe auch jetzt, dass er diese Entscheidung mittlerweile bereut.«

Am liebsten würde ich Jakop sagen, dass ich genau jetzt nicht darüber sprechen möchte, doch ich weiß, wie sehr ihn das mitgenommen hat und möchte ihn deswegen nicht vor den Kopf stoßen.

»Ich weiß ungefähr, was passiert ist und wie schlimm das war und auch, dass Nash das wie alle getroffen hat.« Jakop sieht einen Moment zu mir, wir sind schon auf den engen Straßen, wo einem kaum mehr Autos entgegenkommen.

»Das hat es, er war und ist viel für mich da. Er hat zu mir gesagt, dass er dich viel zu sehr liebt, um dich solch einem Risiko auszusetzen. Ich weiß, dass es damals vielleicht nicht so gewirkt hat, doch Nash ist einer meiner besten Freunde. Ich weiß, wie schwer es ihm gefallen ist, auch als du dann weg warst und ich sehe, wie er auch jetzt noch gegen seine eigenen Gedanken und Gefühle ankämpft. Vielleicht weiß er nicht, wie er alles richtig machen soll, wer weiß das schon? Besonders unter den Umständen, wie wir leben, gibt es selten ein Richtig oder Falsch, dafür erleben wir zu viele Ausnahmesituationen.«

Ich muss die ganze Zeit an meinen Vater denken und doch lassen mich Jakops Worte auch einen Moment zusammenfahren. »Das ist mir bewusst, Jakop, und es tut mir auch sehr leid, was mit den Frauen passiert ist, mit allem, was ihr erlebt und was im Grunde immer wieder passiert. Doch was ihr bei alldem immer wieder vergesst, weil es wahrscheinlich auch an euch liegt, Entscheidungen zu treffen, doch diese Entscheidungen treffen wir.«

Jakop fährt immer verwinkeltere Wege, ich würde den Weg niemals allein finden.

»Wir sind alle erwachsen, ich habe mir das Leben unter den Rebellen angesehen, was es bedeutet, ein Teil davon zu sein.

Das geht den Kämpferinnen und jedem, der bei euch lebt, im Grunde genauso. Wir entscheiden uns bewusst dafür, wir wissen, was wir tun und er hätte diese Entscheidung nicht für mich treffen sollen. Er hat mich die ganze Zeit gefragt, was ich will und als ich mich entschieden habe, hat er diese Entscheidung nicht angenommen und eine andere für uns getroffen, weil es gerade einen Vorfall gab. Das hätte er nicht tun dürfen. Mir war klar, dass das Leben an seiner Seite nicht einfach wird, doch ich war bereit dazu.«

Jakop nickt. »Ich weiß, doch er war nicht bereit, dir dieses Leben zuzumuten. Du wärst sein wunder Punkt gewesen und Männer in seiner Postion sollen versuchen, keinen wunden Punkt zu haben.« Auch wenn ich verstehe, was er meint, kann ich mir ein bitteres Auflachen nicht verkneifen, das ist lächerlich.

»Gut, wenn er so denkt, dann bitte, doch dann soll er weiter an seiner Haltung festhalten und nicht von mir erwarten, dass ich ihm freudig um den Hals falle, weil er seine Meinung ändert.« Jakop trägt das erste Mal seit langer Zeit ein leichtes Schmunzeln um die Lippen. »Nein, das sollst du nicht, doch daran siehst du, dass seine Liebe zu dir stärker ist als seine gut gemeinten Vorsätze, dir ein besseres Leben zu ermöglichen, mehr nicht. Auch wenn man das alles so oder so sehen kann, ist es im Grunde nur das. Ich weiß, wie sehr er dich liebt, er hat es mir oft genug gesagt und ich möchte, dass du es auch weißt.«

Mehr als ein Nicken kann ich dem nicht beisteuern. Um nicht ganz den Verstand zu verlieren, schreibe ich Apollo und telefoniere noch einmal mit Sarah, dann erkenne ich von Weitem den hohen Zaun, der das Grundstück der Rebellen abtrennt.

Als ich beim ersten Mal hier war, hatte ich Angst. Als ich dann wieder gegangen bin, wusste ich nicht, wohin mit all meinen Gefühlen. Beim zweiten Mal, als ich hergekommen bin, hatte ich wieder Angst und den Schrecken im Nacken nach allem, was passiert war. Als ich dann gegangen bin, war mein Herz gebrochen und ich bereit für einen Neuanfang.

Auch als ich aussteige, spüre ich wieder Angst meinen Nacken hochkriechen, Angst wegen meines Vaters, Angst wegen dem, was mich hier erwartet.

Jakop bleibt neben mir, die Tür zum Haus geht auf und keine Sekunde später liege ich bei Viola und Shayla im Arm.

»Wir versuchen schon die ganze Zeit herauszubekommen, was mit deinem Vater ist, es soll aber nicht so schlimm sein, Nash scheucht uns die ganze Zeit weg. Maria macht gerade dein Lieblingsessen, wir bringen es dir, sobald alles fertig ist. Willst du erst einmal etwas trinken?« Sie begleiten mich ins Haus, ich komme nicht einmal dazu, etwas zu sagen, da legt Jakop seine Hand an meinen Rücken und deutet mir zu kommen.

»Ihr habt sie gleich für euch, ich soll sie erst einmal zu ihrem Vater bringen.«

Mit diesen Worten bringt er mich durch den Flur zu den Treppen. Viola deutet mir, dass sie gleich kommen. Wir gehen vorbei an dem Verhörraum, die Treppen nach oben. Wie meistens ist es im Bereich der Hausangestellten leise, da alle beschäftigt sind.

Jakop bringt mich in den normalen Arztraum, erst jetzt bemerke ich, dass ganz hinten eine weiße Tür ist, diese öffnet Jakop und wir gehen einen weißen Flur entlang, wo es mehrere Zimmer gibt. Alle sind steril eingerichtete Krankenzimmer, ich wusste nichts von diesem Flügel. Ganz am Ende des Ganges ist eine Tür mit OP-Bereich aufgedruckt, man hört dahinter Geräusche, doch mein Blick fällt in einen der Räume, in dem mein Vater auf dem Bett liegt, Nash sitzt neben ihm.

Mein Vater sieht mich müde und erschöpft an. Hier in diesem Bett wirkt er noch einmal um einiges älter und zerbrechlicher. »Papa.« Ich spüre, wie mir Tränen in die Augen steigen. Nash steht auf, um mir am Bett meines Vaters Platz zu machen, dabei sehe ich ihm einen Moment in die Augen. Seine dunklen Augen, die langen Wimpern, wie beim ersten Mal, als ich ihn gesehen habe, kann ich mich dem auch jetzt wieder nicht entziehen, egal wie die Situation auch ist, in der ich vor ihm stehe, damals und heute.

»Ich habe dir doch gesagt, dass sie es noch rechtzeitig schafft.« Mein Vater lächelt, als ich seine Hände in meine nehme. »Wie geht es dir? Was machst du denn für Sachen? Hast du Schmerzen?«

Mein Vater küsst meine Hand. »Es geht, es kommt alles wieder in Ordnung, Elisa. Ich wollte nicht, dass du dir zu viele Sorgen machst, ich habe gesagt, sie sollen dir erst alles sagen, wenn die Operation vorbei ist, doch Nash hat gesagt, dass du eh schon sauer auf ihn bist und du ihm das sonst nicht verzeihen wirst. Ich habe nur ein wenig Schmerzen, sie kümmern sich alle gut um mich.«

Zwei Männer in OP-Kleidung kommen herein. »Und das werden wir auch weiterhin. Es ist so weit, wir bringen Sie jetzt in den OP. Keine Sorge, Elisa, du bekommst ihn bald zurück und dann ist er wieder wie neu. Du kannst hier ruhig warten, es dauert etwas, du kannst aber auch ...« Sie schieben das Bett meines Vaters weg, ich beuge mich noch einmal zu ihm und gebe ihm einen Kuss auf die Wange. »Ich warte hier, ich bin hier, Papa.«

Mein Vater nickt und auch wenn er das niemals zugeben würde, erkenne ich Angst in seinen Augen.

Nash folgt dem Bett und den Männern nach draußen und schließt die Tür, damit ich einen Moment für mich habe.

Ich atme tief ein und aus und sehe mich um. Das Krankenzimmer ist klein, doch es gibt eine Glasfront, durch die man auf den Wald sehen kann, den man durchfahren muss, um auf das Gelände zu kommen.

Ich sehe nach unten auf den Hof, wo Wachen mit den Hunden spazieren gehen. Jedes Mal wenn ich hergekommen bin, hat sich mein Leben einmal komplett geändert. Dieser Ort ändert einen, die Menschen, die hier leben und arbeiten, man schafft es nicht, das nicht an sich heranzulassen, ohne Spuren zu hinterlassen. Es war niemals geplant, wenn ich hergekommen bin, auch dieses Mal nicht.

Vor der Tür höre ich Nashs raue Stimme, er scheint mit Luca zu sprechen, dann höre ich Violas Stimme und atme tief ein.

Ich bin wieder zurück, es fühlt sich merkwürdig an und ich weiß nicht, was mich dieses Mal hier alles erwartet, doch ich bin wieder zurück.

Kapitel 14

Elisa

»Iss etwas, es hilft niemandem, wenn du hier zusammenklappst.«

Viola schiebt mir meinen Teller hin und auch Shayla sieht mich auffordernd an.

Die beiden sind sehr schnell zu mir gekommen, um bei mir zu bleiben. Eine Weile haben wir im Zimmer gewartet, auch Nash kam immer wieder herein, hat uns dann aber allein gelassen. Bisher habe ich noch nicht richtig mit ihm sprechen können. Nach einigen Minuten kam dann einer der Helfer des Arztes und hat gesagt, dass die Operation begonnen hat. Solch eine Operation dauert immer mindestens eine Stunde, also haben mich Viola und Shayla aus dem Krankenzimmer und Ärztebereich geholt und unser Essen in den Gemeinschaftsbereich der Arbeiter-Etage gebracht. Ich werde gleich zurückgehen und warten. Der Gedanke, dass mein Vater in diesem Moment operiert wird, schlägt mir auf den Magen, doch ich nehme noch einen Bissen. Das Essen ist wirklich lecker, auch Maria sitzt hier bei uns und sieht mich genauso besorgt wie die anderen beiden an.

»Du übertreibst, mir geht es gut. Ich will nur, dass die Operation schnell vorbei ist. Was gibt es Neues? Lenkt mich lieber ab, das würde mir am meisten helfen.«

Shayla hat sich als Einzige nur eine große Schüssel Salat genommen, sie will für die Feiertage auf Diät gehen, damit sie dann genüsslich zuschlagen kann, so ganz versteht keiner ihre Logik, aber am Ende muss sie das selbst wissen. Jetzt kaut sie auf einem Salatblatt herum und sieht mich mit großen Augen an. »Hast du schon davon gehört, was Alea vorgeschlagen hat? Diesen Deal, wenn man ihn so nennen kann? Dass die Rebellen auf Rache verzichten und die Scaranos sich dafür quasi für immer zur Ruhe setzen. Das ist hier Gesprächsthema Nummer eins.«

So langsam spüre ich, dass, auch wenn mir übel ist, ich Hunger habe und esse noch ein wenig weiter. »Das weiß ich, ich habe Alea getroffen, wir waren im Café und sie hat mir davon erzählt.« Viola hebt überrascht die Augenbrauen und sieht mich aus ihren großen braunen Augen an. »Tatsächlich? Wie geht es ihr? Du weißt, ich mag Alea, trotzdem denke ich nicht, dass das eine gute Idee ist. Man weiß, dass man den Scaranos nicht trauen kann ...« Maria sieht genau wie ich immer wieder nach hinten, zu dem Eingang zum Ärztezimmer. Der Helfer des Arztes hat versprochen, uns Bescheid zu geben, sobald es etwas Neues gibt, doch trotzdem sehen wir immer wieder dorthin.

»Das verstehe ich, allerdings ist Alea nur deswegen zurückgekommen. Sie hat ihr neues Leben aufgegeben und ist hergekommen, damit all dieser Wahnsinn hier endlich für alle ein Ende hat. Das hier ist die Chance, sie mag nicht perfekt sein, doch es ist die Möglichkeit, endlich einmal Ruhe in Italien einkehren zu lassen. Natürlich, es hilft nicht bei dem, was alles passiert ist und der Rache, die einige nehmen wollen, doch es hilft, dass in Zukunft keine anderen Familien mehr so leiden wie eure ... oder auch meine.«

Shayla nickt. »Sie hat recht, zwar bedeutet das nicht, dass es Frieden gibt und die Rebellen nichts mehr zu tun haben, da muss man sich ja nur einmal ansehen, was dieser Lorenzo in den letzten Wochen getan hat, doch es ist ein Schritt in die richtige Richtung, ich bin auch dafür. Doch so hält es sich im gesamten Haus, manche sind dafür, andere absolut dagegen. Ich bin sehr gespannt, wie sich am Ende alle entscheiden.«

Ich pikse mir eine Tomate von Shayla auf. »Lorenzo heißt der Teufel persönlich.« Viola lacht auf und deutet mit ihrer Gabel auf mich. »Und Nash heißt eine der heißesten Sünden in diesem Haus. Die Frauen drehen durch seinetwegen und der Herr lässt niemanden mehr an sich heran, seit du in sein Leben gekommen bist. Ja, wir wissen, es ist viel passiert, aber hey, du bist zurück, hast du schon ...?«

Bevor sie ihre Fragen stellen kann, klingelt Marias Handy und sie sieht darauf. »Mist, wir müssen runter. Isajah braucht uns für die Vorbereitungen zum Abendessen.«

Nun lehne ich mich zurück. »Ich liebe Isajah, danke für das Essen, wenn mein Vater wach ist, gebe ich euch Bescheid.« Ich helfe den dreien noch, alles auf dem Essenswagen zu verstauen, dann eilen sie auch schon los und ich gehe zurück in den ruhigen OP-Trakt des Hauses.

Im Grunde könnte man mit genügend Vorräten hier eine ganze Weile abgeschnitten von allen anderen leben. Vielleicht war das auch der Grundgedanke hinter alldem, wie es auf dem Anwesen der Rebellen aufgebaut ist.

Da niemand sonst hier zu sein scheint, gehe ich in das Zimmer, in dem ich Nash und meinen Vater vorgefunden habe. Ich setze mich mit dem Stuhl, auf dem Nash vorhin gesessen hat, an die Glasfront und sehe auf den Wald hinaus. Aus dieser Perspektive sieht alles friedlich aus. Die Tannen des Waldes beugen sich dem Wind, der um die dicken Stämme weht. Fast als könnte ich das Rascheln der anderen Blätter hören, lehne ich meinen Kopf an das Glas und schließe einen Moment die Augen.

Für einige Wochen konnte ich dieses Leben hier von mir schieben. Ich war viel zu verletzt von Nash. Ganz ging es nie, ich habe durch meinen Vater, Viola und die anderen immer Kontakt zu dieser Welt gehabt, doch es ließ sich damit leben. Nachts habe ich oft von Nash und unserer Zeit geträumt und wenn ich zu viel an ihn denken musste, bin ich laufen gegangen, doch jetzt sitze ich wieder hier in all dem Chaos. Alea ist zurück, mein Vater liegt im OP und Nash bringt meine Gefühle wieder völlig durcheinander.

Einen Moment muss ich an den Augenblick denken, als wir uns das erste Mal geküsst haben. Auf der Feier und wie enttäuscht ich danach war, als er nicht auf mein Zimmer gekommen ist. Damals habe ich noch nicht geahnt, dass er so viel in mir verändern wird und dass das, was ich für ihn empfinde, stärker ist als alles, was ich zuvor gespürt habe.

Ich weiß nicht einmal, wie lange ich auf dem Stuhl sitze. Ich ziehe meine Beine an mich und träume vor mich hin, spreche hin und wieder ein Gebet, damit mein Vater alles gut übersteht und höre auf alle Geräusche.

Irgendwann wird es lauter, schwere Schritte kommen den Flur entlang und dann steckt Nash seinen Kopf durch die Tür. »Hier bist du, dein Bruder weiß jetzt Bescheid. Er muss auch jeden Moment kommen. Geht es dir gut?« Was für eine Frage, ich sehe an ihm hoch und runter. Er scheint geduscht zu haben. Seine Haare sind noch leicht feucht, er trägt eine graue Jogginghose und ein weißes Shirt. Geht es mir gut? Seine dunklen Augen sehen mich mit einer Mischung aus Schuld und Sehnsucht an und ich senke meinen Blick. »Ich weiß es nicht.« Nicht das, was man hören will, aber die reine Wahrheit.

Er kommt auch nicht dazu, etwas zu sagen. Im nächsten Moment schon wird es lauter auf dem Flur und ich höre, dass ein Bett geschoben wird.

Erst kommt das Bett mit meinen Vater herein, er hat sogar bereits ein wenig die Augen offen. Dann folgt der Arzt, der zufrieden zwischen Nash und mir hin und her sieht.

»Es ist gut verlaufen. Da war doch um einiges mehr zu tun, als wir erwartet haben, doch wir haben alles entfernen können.

Durch den Blutverlust und den Eingriff ist er noch geschwächt, das kann auch etwas andauern, doch zumindest sollten die Schmerzen gleich nachlassen. Ich sehe später noch einmal nach ihm.«

Ich bin, sobald das Bett wieder an seinen alten Platz steht, an seine Seite gekommen und halte seine Hand. Fast zeitgleich kommt auch Apollo zu uns. Es wird voll im kleinen Raum. »Danke Doktor, hey, wie geht es dir, Papa, wie fühlst du dich?« Mit seiner letzten Kraft lächelt mein Vater. Ich bemerke, dass Nash etwas zu Apollo sagt, dann verlassen alle den Raum, bis nur noch Apollo und ich bei meinem Vater sind.

Wir bleiben bei ihm, er erzählt auch Apollo noch einmal, was genau los war. Er bekommt eine Suppe, doch er hat noch keinen Appetit. Als dann der Arzt noch einmal hereinkommt, kann mein Vater seine Augen kaum noch aufhalten. Der Arzt untersucht ihn und sagt, dass alles gut aussieht, doch dass mein Vater viel Ruhe braucht. In seinem Alter steckt man eine Operation nicht ganz so schnell weg wie Jüngere.

Mein Bruder und ich beschließen zu gehen, damit unser Vater schlafen kann, doch sie sollen uns sofort verständigen, wenn etwas mit ihm ist.

Apollo sagt, dass es gerade eine Besprechung gibt und er dahin will. Da ich hier sein möchte, falls etwas ist, will er dafür sorgen, dass ich ein Gästezimmer bekomme. Es ist merkwürdig, Apollo jetzt so zu sehen. Mir ist die ganze Zeit bewusst, dass er nun ein Mitglied der Rebellen ist, doch dass er sich hier so selbstverständlich bewegt, als hätte er nie etwas anderes getan, wirkt trotzdem befremdlich auf mich.

Als ich dann die Treppen hinabgehe, um in den Speisesaal zu kommen, grüßen mich alle, denen ich begegne, freundlich. Auch ich war kurz ein Teil von dem hier, auch wenn es nicht ganz freiwillig war.

Bevor ich allerdings den Speisesaal betrete, halte ich ein, gerade scheinen die meisten dort zu sein. Ich höre eine Menge Stimmen und sehe, wie voll er ist. Auf so viele Blicke und Fragen habe ich keine Lust, deswegen weiche ich erst einmal in den Garten aus. Hier ist niemand, anders als im Sommer hält sich kaum jemand bei dem Wetter hier auf.

Mein Weg führt mich direkt zu den angelegten Feldern und der Arbeit meines Vaters. Hier ist einiges entstanden. Selbst jetzt hängen noch ein paar Früchte, obwohl schon alles abgeerntet ist. Ich kann förmlich sehen, wie wunderschön es hier im nächsten Jahr blühen wird.

Dann sehe ich auch zum ersten Mal die neuen Felder, die entstanden sind. Sie sind riesig. Hier ist die Erde schon umgegraben und einige Bäume und Sträucher stehen bereits, doch es gibt noch einiges zu tun.

Neugierig gehe ich auf das Haus zu, was gebaut wird.

Wahnsinn, wie schnell das alles entstanden ist, ganz am Ende des Feldes ist ein Haus abgesteckt, der Boden steht schon und auch kleine Mauern. Es wird scheinbar mehrere Räume geben, auch der Platz für die Eingangstür ist schon eingeräumt und die Terrasse vor dem Haus.

Während ich mich auf die Stufen der Terrasse setze, beginnt die Sonne langsam unterzugehen. Es ist ein unwirkliches Bild, wie sich die Sonne über die Felder senkt und der Himmel in die schönsten Farben getaucht wird. Man sagt, dass es im Winter die schönsten Sonnenuntergänge gibt und ich kann das nur bestätigen, wenn ich jetzt auf das Farbspektakel sehe.

Einen kleinen Augenblick genieße ich diesen Anblick, dann bemerke ich, dass jemand zu mir kommt, nicht jemand, Nash. Er hat sich eine dicke Winterjacke übergezogen und kommt auf mich zu.

Ich sehe weiter zum Himmel, als er sich neben mich auf die Terrassenstufen setzt. Er zieht seine Jacke aus und legt sie über meine Schultern. »Wie gefällt es dir?« Ich blicke auf die vielen Felder. »Es ist ein klein wenig von der Aussicht her, wie es bei uns war, nicht ganz, aber es fühlt sich zumindest ein wenig so an. Mein Vater wird sich hier sehr wohlfühlen.«

Nash sieht genau wie ich auf die Felder. »Das hoffe ich. Er schläft noch, dein Bruder hat gesagt, du bleibst?« Ich nicke und sehe das erste Mal zu ihm, was auch ihn dazu bringt, mir in die Augen zu sehen. Bei diesem Licht wirkt sein Blick noch viel dunkler und seine Gesichtszüge weicher.

»Ja, zumindest, bis es meinem Vater wieder besser geht.« Nash nickt. »Ich lasse dir das Zimmer herrichten ...« Ich unterbreche ihn. »Danke Nash, ich meine das ernst. Ich weiß, dass ... ich bin verletzt und auch wütend auf eine Art, aber trotzdem will ich, dass du weißt, dass ich dir dankbar bin. Für das, was du für Apollo und meinen Vater tust, für das hier ...« Ich deute auf die Felder. »Danke, dass du weiter für mich da bist, egal wie es zwischen uns steht.«

Sein Blick liegt weiter dunkel auf mir, ich kann es in seinem Kopf arbeiten sehen, als wäge er ab, welche Antwort darauf die richtige ist.

Nash ist ein wunderschöner Mann, ein Mann, dem man seine Macht ansieht, doch ihn ein weiteres Mal meinetwegen so unsicher zu sehen, bewegt etwas in mir. Vielleicht ist es alles, was heute auf mich eingeprasselt ist, all die Erinnerungen, die mich hier einholen, doch bevor ich noch darüber nachdenken kann, streiche ich mit meiner Hand über seine Wange und im nächsten Moment lege ich meine Lippen auf seine.

Das, was ich gerade tue, ist selbstzerstörerisch und ich weiß das genau, trotzdem kann ich nicht anders. Das hier wird mich nur tiefer in meinen Konflikt stürzen, doch sobald ich seine weichen Lippen wieder auf meinen spürte, schiebe ich all das von mir. Genüsslich schließe ich die Augen und mir entfährt ein zufriedener Laut, als ich endlich wieder seinen Geschmack erlebe.

Nash lässt sich nicht anmerken, dass er überrumpelt ist, seine Hand gleitet in meinen Nacken und er zieht mich enger an sich, er küsst mich tief und ich habe nie etwas Besseres gespürt. Der Kuss schmeckt süß und verzweifelt, Nash zieht mich noch enger an sich, wir beide weigern uns, den Kuss zu beenden, doch als wir es dann tun müssen, küsst Nash meine Wange.

»Du hast keine Vorstellungen, wie sehr du mir fehlst, Elisa. Ich habe selten eine falsche Entscheidung getroffen und ausgerechnet bei dir mache ich meinen größten Fehler. Verzeih mir, Elisa, ich bitte dich, gib uns noch eine Chance.«

Seine Lippen verwirren mich weiter, mein Atem geht schneller und ich weiche zurück, um ihm in die Augen zu sehen. Gnadenlos schön sitzt er vor mir und sieht mich an, seine Hand noch immer in meinem Nacken.

»Ich liebe dich, Nash, das habe ich die ganze Zeit getan und das hat sich auch nicht geändert. Doch ich hatte mich schon einmal für dich entschieden, dafür alles andere zu vergessen und uns diese Chance zu geben. Da hast du mich von dir gestoßen.«

Nash will etwas sagen, doch ich lege meinen Finger auf seine Lippen, bevor ich ihm noch einen süßen Kuss darauf gebe und aufstehe.

»Ich weiß es nicht. Ich weiß nicht, ob ich dir verzeihen und uns noch einmal diese Chance geben kann, ich weiß es einfach nicht.«

Mit diesen Worten drehe ich mich um und gehe zurück zum Haus. Nash bleibt sitzen. Ich spüre seine Lippen noch auf meinen und doch fühle ich mich schon ein wenig besser, weil ich einfach nur ehrlich war.

Ich weiß es nicht. Ich weiß nicht, ob ich Nash und alldem was war, jemals wieder eine Chance geben kann.

Kapitel

15

Alea

»Ich weiß nicht, ob das eine gute Idee ist.« Mein Vater sieht einmal an mir hoch und runter, als ich mein Kleid glatt streiche.

»Zumindest hätten wir mehr Männer mitnehmen sollen.« Es war meine Idee, dass nur Marco, mein Vater und ich zum Bankett des voraussichtlich zukünftigen Präsidenten gehen.

Mein Vater trägt einen schwarzen Anzug, Marco einen grauen, ich habe mich für ein langes schwarzes Abendkleid entschieden, trägerlos, mein Dekolleté ist sündhaft hervorgehoben und das Kleid hat einen langen Schlitz an meinem rechten Bein. Ich liebe das Kleid, es ist eine kleine Sünde und doch elegant und zum Anlass passend.

Meine Haare habe ich in dicke Wellen gelegt und roten Lippenstift aufgetragen, passend zu meiner roten Clutch. Mein Vater sieht immer wieder an mir herab und murmelt, dass es nicht leicht ist, Vater einer so hübschen Tochter zu sein.

Ich hake mich bei ihm unter. »Wir sind eingeladen worden, hier ist die Presse, die Polizei und andere Staatspräsidenten. Es ist nicht angebracht, als die Mafiafamilie aufzutreten, sondern nur noch als die Geschäftsmänner, die ihr ab jetzt sein werdet, wenn alles gut läuft. Also gewöhnt euch an solche Auftritte, seht es als Beginn eures neuen Lebens und lasst uns den Abend genießen. Sieh doch mal, Papa, was für ungewöhnlich schöne Blumenarrangements.«

Mir ist bewusst, dass es ein bescheidener Versuch ist, meinen Vater auf andere Gedanken zu bringen, doch zumindest gehen wir so endlich die Treppen dieses wunderschönen Hotels hoch.

Hinter uns kommen noch eine ganze Menge Autos angefahren, obwohl wir schon recht spät waren. Im Foyer des Hotels wartet die Presse, sie machen Fotos von meinem Vater und mir. »Herr Scarano, Herr Scarano, was sagen Sie zu den angeblichen Plänen des Präsidentschaftskandidaten, gegen die Mafia vorzugehen? Was sagen Sie zu den Gerüchten, Ihre Familie …?« Ich lächle in die Kameras und gehe mit meinem Vater und Marco mit schnellen Schritten zum Eingang des großen Festsaals, der mit Blumen und Fahnen sehr elegant in den Farben Italiens geschmückt ist.

Sobald wir eintreten, sehen viele hunderte Augenpaare zu uns, doch einen Blick spüre ich besonders brennend auf mir.

Bevor ich allerdings den Blick ausmachen kann, vernehme ich Marcos knurrende Stimme neben mir.

»Ich wusste, dass es keine gute Idee war, alleine herzukommen. Die Rebellen sind hier, das ist nicht einmal ihr sogenanntes Gebiet und doch stehen sie hier, als ...«

Ich sehe in dieselbe Richtung wie Marco. Meine Augen finden dunkle vertraute Augen wieder, so kalt sein Blick auch sein mag, auf mir liegt er warm. Natale hebt die Augenbrauen und sieht an mir herunter, neben ihm sitzt Jakop und ein weiterer Mann, den ich nur vom Sehen kenne. Sie sitzen viel weiter in der Mitte vorn. Mein Herz beginnt augenblicklich schneller zu schlagen.

Was tut er hier? Was tun sie alle hier? Auch sie tragen Anzüge, Natale sieht verboten gut aus, ich sehe, dass einige Frauen an ihrem Tisch sitzen und mit ihnen sprechen, wende mich aber erst einmal an Marco.

»Das ist ... unerwartet, doch nicht schlimm. Wir bleiben bei unserem Plan, wir verhandeln gerade, also ist quasi ein Waffenstillstand ...«

»Habt ihr gewusst, dass diese Bastarde kommen?« Mir wird die Sicht von Lorenzo verstellt, der sich in einem roten Anzug und mit drei seiner Männer vor uns aufbaut. »Nein, wir wussten nichts davon, auch wir sind überrascht, aber das wird geplant sein. Hier haben wir alle uns zu benehmen, mal sehen, was das Ganze soll. Sitzen wir an einem Tisch?«

Niemals, ich weiß, dass Marco nichts von Lorenzo hält, doch unter diesen Umständen scheint er ihn wieder zu unseren Verbündeten zu zählen.

Lorenzo sieht sich wütend um, doch dann gleitet sein Blick über mich und ein Strahlen setzt sich auf seine Lippen. »Das hier nenne ich allerdings mal eine gute Überraschung. Ozias, deine Tochter ist umwerfend, ich freue mich, dich wiederzusehen, Alea. Leider sitzen wir einige Tische weiter, aber wir wollten uns eh treffen, dann werden wir uns alles Weitere für die Zukunft überlegen. Ihr habt recht, lasst uns abwarten, was der Abend bringt, es kann ja nur amüsant werden.«

Lorenzo hat meine Hand genommen und einen Kuss auf den Handrücken gedrückt, ich entziehe sie ihm, was ihn dazu bringt, mir zuzuzwinkern. Erst als sie sich an einen Tisch einige Plätze weiter zurückgezogen haben, setzen auch wir uns an einen Tisch. Wir sitzen alleine, kein anderer Gast setzt sich zu uns, ich greife nach einem der Gläser Champagner, die hier bereitstehen und spüle es in einem Schluck herunter.

Es hat einen Grund, wieso niemand bei uns sitzen will. Die Scaranos, Lorenzo und die Rebellen in einem Raum, ich weiß nicht, was hier geplant ist, doch es kann nur in einer Katastrophe enden.

Mein Blick gleitet wieder zu Natale, auch sein Blick liegt weiter auf mir. Unsere Blicke treffen sich und auch wenn all das hier im Chaos zu enden droht, fühlt es sich an wie eine warme Liebkosung. Ich sehe weg und greife nach einem weiteren Glas, mir ist doch nicht mehr zu helfen.

162

Ich bin dankbar, dass die Aufmerksamkeit nun auf eine Sängerin fällt. Sie singt zuerst die italienische Hymne, dann noch ein Lied über die Liebe zum Land, bei dem Lied erscheint der neue Präsidentschaftskandidat, genau wie man es erwartet, händeschüttelnd, lächelnd. Er stellt sich in die Mitte und begrüßt alle. Er kündigt an, dass er einiges zu sagen hat, doch erst einmal möchte er, dass seine Gäste die gute Küche Italiens genießen können.

Zeitgleich strömen hunderte von Kellnerinnen mit gefüllten Tellern herein. Wir bekommen eine Suppe. Obwohl ich aufgeregt und angespannt bin, esse ich, genau wie mein Vater und Marco, die sich über den neuen Kandidaten lustig machen. Er ist jung und scheint voller Pläne zu stecken, doch ich kenne die Art, wie die Scaranos die Präsidenten, die Polizei und alle anderen im Griff haben und ich bin mir sicher, dass sich das nicht ändern wird.

Nach der Suppe bekommen wir Nudeln mit Garnelen, sehr lecker, es sind nur kleine Portionen, aber sehr köstlich. Meine Gedanken schweifen immer wieder ein paar Tische weiter, ich spüre Natales Blick auf mir, doch jedes Mal wenn ich zu ihm sehe, ist er gerade in ein Gespräch an seinem Tisch verwickelt. Ich sehe ihm an, dass ihn all das hier nicht in echt interessiert, wieso ist er dann hier? Wieso muss er es uns noch schwerer machen?

Es ist doch krank, dass wir alle hier in einem Raum sitzen, all die Männer, die sich seit Jahren bis auf den Tod bekriegen, Natale und ich, die solch eine intensive Zeit zusammen hatten und mein Vater, der das alles nicht ahnt. Es ist nicht richtig und doch habe ich die gesamte Zeit dieses Kribbeln im Bauch.

Als würde mir genau dieses Gefährliche, Verbotene einen gewissen Kick geben, vielleicht steckt doch mehr Scarano in mir, als mir lieb ist.

Nach der Portion Nudeln kommt Lorenzo noch einmal zu uns an den Tisch. Er sagt, dass er gehen will, er hat andere Dinge zu tun, sein Jet wartet, er muss nach Kuba fliegen. Es hat und wird ihn niemals interessieren, wer der Präsident ist. Er freut sich aber darauf, den Rebellen bald noch einmal woanders gegenüberzustehen. Er betont noch einmal, dass sie sich darum kümmern müssen. Er besteht weiter auf unser Abendessen am Montag und sagt, dass wir alle weiteren Details dann klären werden.

Um ehrlich zu sein, hoffe ich einfach, dass ich bis dahin schon mehr darüber weiß, wie es weitergeht und dann in Ruhe mit Lorenzo darüber sprechen kann. Gerade wirkt er sehr vernünftig und respektvoll, doch ich weiß ja, dass er auch anders sein kann. Ich halte mich zurück, ich weiß, dass wenn wir unsere Entscheidungen treffen, Lorenzo keine Rolle dabei spielen wird, doch mein Vater und Marco hören sich alles an.

Zum Dessert gibt es Schokokuchen. Gerade als Lorenzo und seine Männer gehen und schon fast am Ausgang sind, steht der Präsidentschaftskandidat auf. »Oh, da einige schon gehen wollen, muss ich Sie alle hier beim Dessert stören, doch mir ist wichtig, dass ALLE hören, was ich zu sagen habe, bevor sie gehen.«

Lorenzo und seine Männer drehen sich am Eingang um und bleiben stehen, auch ich lehne mich zurück und sehe zu dem jungen Mann, der sich einiges vorgenommen hat.

»Als ich damals in die Politik gekommen bin, bin ich das, um etwas zu verändern.«

Ein Murmeln geht durch die Menge und er hebt die Hand.

»Natürlich, das sagen viele, das ist mir bewusst, doch ich meine, was ich sage. Mein Bruder hat damals gegen die Missstände gesprochen und ist durch mysteriöse Umstände ums Leben gekommen.«

Mein Blick gleitet zu meinem Vater und Marco, doch beide sehen unbeirrt auf zu dem Mann, der seinen Finger hebt. »Mir ist das egal, mir macht das keine Angst, wer Angst hat, ist nicht frei und solange Italien Angst hat, ist es niemals frei. Ich will keine Spaltung in einem Bereich, der gesichert ist und einen, in denen Familien, Organisationen und andere Verbrecher ihr Unwesen treiben.«

Ich spüre, wie mein Vater sich neben mich anspannt. Was tut dieser Idiot da vorne, wieso muss er alle hier so provozieren?

»Es wird sich einiges ändern, von Grund auf. Ich werde Gerichte neu besetzen, Staatsanwälte, korrupte Polizisten und vieles mehr, doch meine wichtige und stärkste Waffe sitzt hier vorne.«

Er deutet zum Tisch von Natale und den anderen. »Es ist schon lange kein Geheimnis mehr, wer die sogenannten Rebellen sind und das muss es auch nicht. Jeder Mann, der sich dieser Einheit anschließt, kann stolz darauf sein. Sie kämpfen gegen das Schlechte, mit dem unser Land infiziert ist. Sie haben ganze Gebiete wieder sicher gemacht und unter meiner Präsidentschaft werde ich ihnen alles geben. Sie werden eine offizielle Spezialeinheit und mit allem ausgestattet, was sie brauchen. Wenn man vorher hinter hervorgehaltener Hand von den Rebellen gesprochen hat, so wird man sie bald überall feiern, sie werden mit mir und ich mit ihnen allen Italien wieder freimachen!«

Er sieht sich erwartungsvoll um, keiner applaudiert, dafür wissen die Anwesenden zu gut, wer hier noch im Raum ist, doch man sieht ihnen ihre Zustimmung an. Ich seufze leise auf, als sich alle Blicke zu Lorenzo drehen, der laut als Einziger in die Hände klatscht.

»Das war nett, wirklich, an dir ist ein Schauspieler verloren gegangen, eher ein Zirkusclown. Das war ein netter Abend, nun wissen wir alle ja, wen wir auf jeden Fall nicht wählen werden, aber ein unterhaltsamer Versuch.« Er nickt in Richtung von Natale. »Und wir ... ich hoffe, wir stehen uns demnächst wieder gegenüber, es wird mir ein unvorstellbares Vergnügen sein.«

Marco lacht auf, als sich Lorenzo und seine Männer umdrehen und gehen. Ich streiche mir über die Stirn und lasse die Worte des Mannes verklingen. Es wäre ein großer Schritt, wenn die Rebellen von einer geheimen Organisation zu einer großen Spezialeinheit werden, die im ganzen Land offiziell für den Präsidenten handelt. Doch wenn das geplant ist, können sie dann überhaupt noch auf unseren Deal eingehen?

Lange habe ich für diesen Gedankenstrang nicht Zeit, denn nachdem Lorenzo gegangen hat, kommt der Präsidentschaftskandidat direkt zu uns an den Tisch. Ich war für einen

Moment so in meine Gedanken vertieft, dass ich diese Tatsache erst bemerke, als mein Vater und Marco gleichzeitig aufstehen.

»Die Scaranos, ich hoffe sie haben meine Botschaft verstanden und ...« Oh nein, ich sehe meinen Vater mahnend an, er soll sich wie besprochen zurückhalten. Mein Vater nickt und lächelt. »Ich habe einiges verstanden. Herzliches Beileid zu ihrem Bruder, ich denke nicht, dass ihre Mutter noch einen Sohn ...« Nun stehe ich auf. »Papa!« Er zuckt die Schultern und sieht mich entschuldigend an. »Alte Gewohnheiten.« Doch gleichzeitig wendet er sich wieder an den Mann. »Lassen Sie es ...« Da tauchen plötzlich Natale und Jakop neben dem Präsidentschaftskandidaten auf. So langsam werde ich wirklich wütend. Bin ich denn die Einzige, die will, dass dieser ganze Wahnsinn endet?

Mein Vater sieht Natale an. »Es ist das erste Mal, dass wir beide uns von Angesicht zu Angesicht gegenüberstehen, ich hoffe nicht, dass es ...« Ich werfe meine Serviette, die ich gerade noch in der Hand gehalten habe, wütend auf den Tisch und stelle mich genau zwischen meinen Vater und Marco und somit genau vor den neuen Präsidentschaftskandidaten und Natale.

»Das reicht! Das war eine wirklich unterhaltsame Rede, doch falls hier irgendjemand denkt, dass mich das beeindruckt, liegt ihr alle falsch. Ich bin nun die Stimme meiner Familie und ich wollte sie vernünftig einsetzen, wir sind dabei, sie für eine gute Zukunft Italiens einzusetzen, die Verhandlungen laufen dazu. Dafür brauche ich Sie nicht!«

Ich sehe dem Mann in die Augen. Ich sehe auch aus dem Augenwinkel, wie Natale mich warnend ansieht, doch ich will, dass der Mann das versteht, er hat sich zurückzuhalten und nicht das kaputtzumachen, was ich aufzubauen versuche.

»Also, falls Sie denken, wir sind beeindruckt. Nein! Das sind wir nicht!.«

Der Präsidentschaftskandidat verengt seine Augen. »Hör mal zu, ich weiß nicht, wer du denkst ...« Vertraute Hände legen sich auf seine Schultern und führen ihn weg, bevor er sein Wort weiter an mich richten kann.

»Ich denke, für heute reicht es...«

Natales Stimme fährt mir direkt in den Magen. Ich atme tief aus, noch viel zu aufgebracht, als dass ich klar denken kann, wende ich mich zu meinem Vater um und sehe pure Verwunderung in seinem Blick.

»Wieso beschützt er dich?« Ich schüttle den Kopf. »Wer?« Er deutet hinter mich. »Natale Messina, mir kam es so vor, als hätte er gerade verhindert, dass ...« Mein Vater atmet schwer durch und ich sehe ihn besorgt an. »Ist alles in Ordnung, Papa?« Auch Marco ist sofort an seiner Seite. »Ja, es geht, bei so viel Aufregung rast mein Herz gleich und ...« Ich nehme meine Clutch. »Bringen wir ihn raus. Ich begleite euch. Für heute war das wirklich genug. Wir waren hier und haben uns nicht beeindrucken lassen ...«

Der gesamte Abend ist eine reine Katastrophe. Nichts war, wie es hätte laufen sollen. Wir gehen ohne uns umzudrehen, vor der Eingangstür bleibe ich stehen. »Marco, fahr du mit meinem Vater vor, sorg dafür, dass er ins Bett kommt und seine Medikamente nimmt. Ich bleibe noch ein paar Minuten, es soll nicht den Eindruck machen, als stürmen wir alle raus. Ich setze mich zurück an den Tisch, trinke noch ein Glas und komme dann mit einem Taxi nach Hause.«

Marco wendet sich noch einmal um, während er meinen Vater ins Auto setzt. »Bist du sicher? Das gefällt mir nicht. Vielleicht sollte ich lieber ...« Ich winke ab und sehe noch einmal besorgt zu meinem Vater. Er kann so nicht weitermachen, es wäre sein Tod.

»Ich bleibe, bei dir würde es nur eskalieren. Oder hattest du das Gefühl, ich komme nicht klar?« Marco lacht. »Absolut nicht, du bist wie geboren für diese Rolle ...« Nun lege ich den Kopf schief. »Okay, nicht übertreiben, bis gleich. Ich komme gleich nach.«

Ich warte, bis die beiden losfahren, dann gehe ich zurück ins Foyer, wo ich direkt in Natales dunkle Augen sehe. Meine Wut ist sofort wieder da. Ohne darauf zu achten, wer uns sieht oder sehen könnte, gehe ich zu ihm und knalle ihm meine Clutch an die Brust.

»Wieso tust du das? Machst du das mit Absicht? Ich bin zurückgekommen, um endlich für Frieden zu sorgen und ihr führt uns hier so vor, was fällt dir ein?« Meine Worte richten sich scharf an ihn, zu scharf, statt zu antworten, nimmt Natale meine Hand in seine und zieht mich in einen der angrenzenden Flure. Aus einer Tür kommt gerade eine Putzfrau, Natale nimmt ihr die Karte für das Zimmer ab. »Ich nehme das Zimmer!« Er zieht mich hinein, doch ich spiele da nicht mit und entziehe ihm meinen Arm sofort, sobald wir in dem Raum sind.

Nun ist es Natale, der mich wütend anblickt.

»Denkst du, das hier ist erst seit zwei Wochen geplant, Alea? Keiner wusste, dass du zurückkommst, hierauf arbeiten wir schon länger hin, ich bin nur hier, um dafür zu sorgen, dass keiner dich angeht, sonst hätten das Jakop und irgendwer gemacht, ich bin nur wegen dir hier, also wirf mir hier nichts vor.«

Er hat mich beim Reden mit jedem Wort mehr an die Wand gedrückt. Jetzt knallt er wütend seine Hand gegen die Wand. »Ich hasse das alles, Alea. Ich hasse es, dass du zurückgekommen bist und so vor mir stehst. Ich wünschte, du wärst gekommen, nur um bei mir zu sein, nicht um jetzt vor mir als Scarano-Führung zu stehen, so sexy du dabei auch aussiehst.«

Seine Stimme wird rauer. »Du weißt, warum ich hier bin, es geht um viel mehr, es ...« Ich lege meine Hand an seine Wange, als er seinen Blick von mir nimmt. Noch immer funkelt die Wut in seinen Augen, doch auch mehr, die gleiche Sehnsucht, wie sie in meinem Herzen schlägt. »Ich hasse das alles, ich kann dich so nicht schützen, ich weiß nicht, wie meine Leute entscheiden, Alea, das liegt nicht nur in meiner Hand ...«

»Ich will nicht, dass du wegen mir in solch einen Konflikt gerätst, das Letzte, was ich will ist, dass du wegen mir ...« Natale lacht auf und streicht mit seiner Hand über meine Wange. »Du hast keine Ahnung, was ich schon alles wegen dir getan habe ... Sturkopf.« Mit diesen Worten erobert er meine Lippen, nicht zärtlich, nicht abwartend, nicht überwältigt wie im Gefängnis, das hier ist die reine Sehnsucht und die Verzweiflung, die uns beide umtreibt.

Unser Kuss wird immer fordernder, ich dränge mich an ihn und spüre seine Erregung an meinem Bauch durch den Soff unserer Kleidung. Ich stöhne auf, als seine Hand in meinen Schlitz fährt und mein Bein entlanggleitet. Natale lässt meine Lippen nicht los, er küsst mich tiefer und tiefer, während seine Finger zu meinem Slip wandern und daruntergleiten.

Er spürt, wie bereit ich für ihn bin, flucht auf und lässt von meinen Lippen ab. Seine Finger gleiten in mich und ich lehne den Kopf zurück. Für einen winzigen Moment kehrt mein Verstand zurück. »Natale, wir sollen nicht, wenn du ...« Natale dringt tiefer mit seinen Fingern in mich, seine Lippen gleiten über meine Wange, mein Kinn und befreien fordernd meine Brüste. »Es gibt niemanden an meiner Seite, es gab auch niemanden vor dir mit mehr Bedeutung für mich und es wird auch niemanden nach dir geben ...«

Seine Worte, seine Finger und seine Lippen lassen mich meine letzte Vernunft über Bord werfen. Während er meine Lippen liebkost, genieße ich es, ihm endlich wieder nah zu sein, bei Gott, wie sehr ich ihn vermisst habe. Sobald er sich wieder aufrichtet, knöpfe ich sein Hemd auf, ungeduldig, nicht nur ein Knopf reißt ab, aber all das ist mir egal. Meine Hände gleiten über seine Haut. »Ich habe dich vermisst, Natale.« Meine Lippen folgen, Natale schließt die Augen unter meinen Berührungen. Als ich seine Hose öffne, ist auch seine Beherrschung vorbei. »Du fehlst mir jeden Tag.«

Er küsst mich und unterstreicht fordernd seine Worte, während er seine Finger aus mir zieht und meinen Slip beiseiteschiebt, sodass er in mich eindringen kann.

Das ist der Moment, als wir beide einhalten. Perfekt, es ist perfekt, wir passen perfekt zusammen. Natale sieht mir in die Augen, er legt seine Stirn an meine. Wir beide genießen diesen Moment, dass wir endlich wieder vereint sind, dann küsst er lange meine Stirn, meine Nase und dann meine Lippen. Dieses Mal langsam und zärtlich, genau wie seine ersten Stöße sind, doch kurz danach gleiten seine Lippen zu meinen Brüsten und Natale wird schneller und fester. Ich halte mich nicht zurück, ich stöhne laut auf, dränge mich jedem tiefen Stoß entgegen, spüre die Wand an meinem Rücken und Natales Lippen und seine Hände überall und nichts könnte sich besser anfühlen.

Wir lassen nicht voneinander ab. Auch als wir beide für einen Moment abheben und zusammen kommen, bleiben wir ineinander vereint. Natale küsst mich zärtlich, hält mich in seinen Armen und erst mein Handy lässt uns beide wieder zu klarem Verstand kommen.

Es ist Marco, ich spiele die Nachricht ab.

»Ich habe deinen Vater abgesetzt und hole dich ab, komm raus, ich bin in fünf Minuten da.«

Natale und ich schweigen beide, ich lege meine Stirn an seine, meine Finger streichen über seine Lippen, wo mein roter Lippenstift verschmiert ist und ich lächle.

»Ich hasse das auch alles.« Um Natales Lippen legt sich ein Schmunzeln, ich küsse seine Lippen noch zweimal, dann drehe ich mich, nehme meine Clutch und verlasse das Zimmer.

Ich atme tief ein, während ich ins Foyer gehe, erst ein Blick einer der Angestellten lässt mich fluchen und noch einmal schnell in das Bad am Eingang gehen. Ich sehe in den Spiegel, mein Lippenstift ist weg, meine Haare zerzaust, ich sehe nach gutem Sex aus.

Schnell ziehe ich meinen Lippenstift nach, richte meine Haare und schüttle noch einmal den Kopf, bevor ich hinaus und zu Marcos Auto gehe.

Das alles hier kann nur in einer Katastrophe enden.

Kapitel 16

»Nash, hörst du mir überhaupt zu?« Anabell stellt sich mir nun ganz in den Weg. »Natürlich höre ich zu. Wir werden die Pläne noch einmal bearbeiten. Das können wir in Ruhe besprechen, wenn wir das Treffen haben. Ich wollte nur nachsehen, ob das Training gut gelaufen ist.«

Ich will mich abwenden, doch Anabell hält mich am Arm zurück. »Aber es ist wichtig, ihr müsst noch einmal mit den anderen sprechen. Jeder hier hat seine Geschichte und seine Gründe, die Scaranos zu hassen, doch wir müssen das anders machen. Wir müssen verstehen, was für eine Chance das für Italien ist. Wir dürfen uns von unseren persönlichen Gefühlen nicht vom richtigen Weg ablenken lassen.«

Es ist nicht das erste Mal, dass Anabell mich deswegen anspricht, auch mit Natale hat sie schon einige Male darüber gesprochen.

»Das stimmt, Anabell, doch du musst auch jedem seine eigene Meinung dazu lassen. Es ist wichtig, dass die Mehrheit hinter der Entscheidung steht, die wir dann treffen werden, egal wie sie ausfällt. Die Entscheidung trifft die Spezialeinheit und am Ende Natale und ich, doch mir ist auch die Meinung aller wichtig, deswegen holen wir uns ein Stimmungsbild von allen ab.«

Anabell nickt. »Das ist wichtig!« Ich muss lächeln. »Ich weiß, viel Spaß noch beim Training.« Wieder legt sich Anabells zarte Hand auf meinen Arm. Man darf sich davon nicht täuschen lassen. Sie ist eine unserer besten Kämpferinnen, mit den Händen und ihrer Waffe, sie ist so flink und geschickt, dass sie schon die stärksten Männer ohne Probleme auf die Matte geschickt hat.

»Nash, warte. Du weißt, dass ich dich wie einen Bruder liebe. Wir kennen uns ewig. Die meisten anderen Frauen hier himmeln euch an, dich, Natale, Luca … die neueste Herausforderung für die Frauen hier ist es, Jakops gebrochenes Herz zu heilen.« Das habe ich bereits gemerkt.

»Aber für mich seid ihr wie ältere, manchmal nervige Brüder. Ich beobachte dich jetzt schon eine Weile, ich sehe, wie du um Elisa herumschleichst, seit sie zurück ist und … mir wurde auch einmal das Herz gebrochen. Damals hat meine Mutter mir gesagt, auch andere Mütter haben schöne Söhne. Dasselbe will ich dir sagen. Ich bin ein Fan davon, wenn man um seine Liebe kämpft, nicht sofort aufgibt und doch denke ich auch, dass man irgendwann loslassen muss. Loslassen, um sich nicht selbst zu verlieren. Das … ich wollte, dass du das weißt.«

Es ist schon so weit, dass sich andere um mich sorgen. Ich gebe Anabell einen Kuss auf die Wange. »Ich denke dran.«

Damit lässt sie mich gehen.

Seit unserem Kuss beim neugebauten Haus ihres Vaters ist Elisa nicht mehr von der Seite ihres Vaters gewichen. Sie schläft sogar bei ihm im Krankenzimmer. Die Operation hat ihm mehr zugesetzt als anfangs gedacht, auch am nächsten Tag war er noch sehr schwach und hatte Schmerzen. Apollo und Elisa sind bei ihm geblieben und auch heute hat sie seinen Raum nur verlassen, um sich zu duschen und zu essen.

Hin und wieder gehe ich zu den dreien, genau wie auch alle anderen sie immer wieder besuchen, doch ich bin nicht mehr dazu gekommen, mit Elisa allein zu sprechen, wobei ich momentan nicht einmal wüsste, was ich ihr sagen sollte. Ich habe ihr versucht zu erklären, wieso ich so gehandelt habe, dass ich falsch gehandelt habe, dass sie mir verzeihen soll, ich weiß gerade nicht, was ich noch sagen könnte.

Auch jetzt gehe ich wieder zum Krankenzimmer, in dem ihr Vater noch immer liegt. Kurz vorher kommt mir Apollo entgegen, er sieht müde aus. »Ihm geht es langsam besser. Ich muss mich dringend bewegen und fahre mit Luca raus, um die Patrouille abzulösen.« Ich lege meine Hand auf seine Schulter. Apollo ist ein Gewinn für uns. Es ist oft so, dass Menschen etwas ganz anderes tun und niemals auf die Idee kommen würden, bei uns mitzumachen, bis sie hier sind und sie und wir spüren, dass es genau das ist, was wie geschaffen für sie ist. Apollo ist so jemand.

»Mach das. Ist Elisa bei ihm?« Apollo nickt und sieht mir in die Augen. »Ich habe meiner Schwester geschworen, mich nicht einzumischen. Das will ich auch gar nicht. Doch ich sehe auch, dass sie mit sich selbst kämpft. Gib ihr Zeit und gib sie nicht auf. Ich denke, dass ihr beide gut zusammenpasst.« Bisher haben wir beide nie darüber gesprochen. »Das werde ich nicht.«

Apollo nickt und verlässt den Krankentrakt, während ich zum Krankenzimmer ihres Vaters gehe. Die Tür steht einen Spalt breit offen und ich sehe hinein. Nur eine kleine Nachttischlampe brennt. Elisas Vater schläft und neben ihm in einem eigenen Bett schläft sie. Ein Lächeln schleicht sich auf mein Gesicht, während ich sie beobachte. Ich habe es geliebt, sie schlafend vorzufinden, wenn ich gekommen bin. Ich habe mich dann hinter sie gelegt und sie an mich gezogen, ihr wunderhübsches Gesicht betrachtet und es einfach genossen, sie bei mir zu haben, dass sie nun ein Teil meines Lebens ist.

Leider war diese Zeit viel zu kurz.

Mir kommen Anabells Worte in mein inneres Ohr, genau wie die von Apollo. Ich habe für alles Lösungen und Pläne, das gehört zu meinen Leben, doch nicht, was Elisa betrifft, nicht dabei, was ich tun soll. Weiter kämpfen? Hat es noch einen Sinn? Sie gehen lassen? Nochmal? Was ist, wenn ich das mein Leben lang bereue?

Ich weiß es nicht, ich spüre, dass ich erschöpft bin, erschöpft von den ganzen letzten Monaten, von diesem Leben hier, von allem.

Noch einmal werfe ich einen Blick auf Elisa, dann schließe ich leise die Tür und gehe direkt nach unten zu den Garagen. Statt mich auszuruhen, ziehe ich mir meine Motorradjacke und meinen Helm an und verlasse das Grundstück, dieses Leben und auch Elisa und dem, was zwischen uns steht.

Nach jedem Kilometer, den ich fahre, kann ich besser atmen. Mir ist bewusst, dass auch Natale und ich unsere Grenzen haben. Wir haben gelernt, mehr wegzustecken als andere. Wir halten mehr aus, doch ich habe auch gelernt, wann ich eine Auszeit brauche und gerade fühlt es sich traumhaft an, all das hinter mir zu lassen, über die Straßen zu rasen und den Kopf freizubekommen.

Gerade als mich die Müdigkeit immer mehr einholt, halte ich vor dem Grundstück meiner Eltern und zu meiner Überraschung steht eines unserer Autos davor.

Ich stelle das Motorrad ab und gehe in das Haus, was bereits offen steht. Die Heizung ist eingeschaltet und vor der großen Glasfront mit Blick auf den See liegt Natale auf dem Sofa, ein Bier in der Hand und den Blick stur auf den See gerichtet. Meinem Bruder entgeht nichts. Er wird mich schon von Weitem gehört haben, doch sein Blick liegt weiter auf dem See. Er trägt einen feinen Anzug, er war bei dem Bankett des neuen Präsidenten.

Müde gehe auch ich in die Küche und hole mir ein Bier, dabei bemerke ich, dass Natale bereits vier geleert hat. Ein

Lächeln schleicht sich auf meine Lippen. Mir ist bewusst, wieso mein Bruder hier gelandet ist und sich betrinkt. Eine wunderschöne Frau, die auf den Namen Alea hört und sich selbst zu unserem größten Feind gekürt hat, wird daran nicht unschuldig sein.

Nachdem ich das Licht in der Küche und im Bad ausgeschaltet habe, lasse ich mich neben meinem Bruder auf der gemütlichen Couch nieder.

»Wie war der Abend?«

Natale trinkt einen Schluck.

»Bescheiden.«

Ich muss lachen.

»Wie läuft es mit Elisa?«

Auch ich nehme einen kräftigen Schluck.

»Ebenso.«

Natale lacht. »Verdammt, als wir damals mit den beiden hier waren, wusste ich, dass das alles nicht so leicht wird, doch dass es so aus dem Ruder läuft ...«

Mir ist überhaupt nicht zum Lachen zumute, ich lehne mich tiefer ins Kissen zurück und lege meine Füße auf den Hocker. »Die Leute werden immer unruhiger, Natale, wir müssen eine Entscheidung treffen, in vielem.«

Natale nickt. »Ich weiß.«

Er nimmt sein Handy aus der Tasche und spricht eine Nachricht, die er an Luca schickt.

»Sag allen Bescheid, morgen gibt es eine Besprechung. Die gesamte Führung soll da sein. Wir treffen morgen unsere Entscheidung, wie es mit den Rebellen weitergeht.«

Mir ist klar, dass die Entscheidung, egal wie sie ausfällt, noch einmal alles ändern wird, deswegen weiß ich, wie schwer sie Natale fällt.

»Es ist richtig so. Manchmal müssen wir Entscheidungen treffen, die unsere Herzen brechen, aber Frieden für unsere Seele bringen werden.«

Natale stößt an meinem Bier an, was ich ihm hinhalte.

»Ich weiß.«

Mein Blick gleitet zu dem Bild von unserer Familie, von Natale und mir als kleine Jungen, die frech in die Kamera grinsen.

»Sieh es so, egal was morgen, übermorgen oder in den nächsten Tagen passiert, wir beide werden immer uns haben.«

Natale hat sich auch schon tief zurück ins Kissen gelegt und lächelt, auch wenn seine Augen bereits geschlossen sind.

»Das wird immer so sein.«

Eine Weile sehe ich mir noch das Bild an, bis ich Natales gleichmäßigen Atem neben mir höre und auch die Augen schließe.

Hier und jetzt ist alles weit weg, wir werden dem nicht entkommen, doch zumindest eine Weile von uns fernhalten, für jetzt, für einen Augenblick, den auch wir, so viel wir gewohnt

sind und aushalten können, auch einmal zum Durchatmen
brauchen.

Kapitel 17

Alea

»Du bist wunderschön.«

Meine Mutter strahlt mich glücklich an. Um ehrlich zu sein, habe ich mir einfach nur das erstbeste Kleid übergezogen, meine Haare zu einem festen Zopf gebunden und mich ein wenig geschminkt, doch ich lächle und probiere von dem Gemüse, das sie gerade aus dem Backofen holt. »Danke, ist das für Papa?« Meine Mutter nickt müde. »Ja, ich versuche, ihm gesünderes Essen schmackhaft zu machen, ich habe heute ein neues Rezept ausprobiert.«

Es schmeckt wahnsinnig gut. »Das wird ihm schmecken, ich muss los, aber lass mir für später noch etwas übrig.« Meine Mutter stellt das heiße Blech ab. Sie strahlt, zumindest sie ist begeistert von den Plänen, die Machenschaften der Scaranos auf Eis zu legen. Mein Vater spürt, dass er wahrscheinlich keine andere Wahl hat, alle anderen Männer sind weniger begeistert. Marco hat mir erzählt, dass in den letzten Tagen wieder einige weggegangen sind, oder sogar zu Lorenzo gewechselt haben.

Auch deswegen muss ich jetzt los. »Ich hoffe doch, dass Lorenzo dich verwöhnen wird.« Ich kann mir ein hysterisches Auflachen nicht verkneifen. »Lorenzo und ich sprechen wahrscheinlich in allen Dingen komplett verschiedene Sprachen.« Marco kommt zu uns. »Egal welche Sprachen alle sprechen, wir sind schon zu spät, kommst du?« Ich gebe meiner Mutter einen Kuss auf die Wange und folge Marco.

Dieses Mal fahre ich mit Marco und zwei weiteren Männern. Lorenzo erwartet mich in einem seiner Clubs. Ich habe keine Ahnung, was ich dort soll, doch im Grunde kann es mir auch egal sein. Wir haben gewisse Dinge zu klären, es spielt keine Rolle, wo wir das tun.

Ich sehe auf mein Handy, Natale hat sich nicht mehr gemeldet, nachdem wir die Finger nicht voneinander lassen konnten. Im Grunde sollte ich froh darüber sein, doch es ärgert mich, auch wenn ich es nicht zugeben würde.

Bis zu dem Club müssen wir eine Weile fahren, er ist in der Nähe der Grenze zu den Rebellen, wo Lorenzo die meiste Zeit verbringt. Seine Clubs sind in ganz Italien verteilt und er hat uns zu einem in der Nähe bestellt. Trotzdem fahren wir etwas über eine halbe Stunde.

Ich weiß, dass Lorenzo einige Clubs besitzt, Nachtclubs und auch Stripclubs, genauso wie Spielcasinos, doch als wir jetzt vor einem alten Haus mit einem roten Neonschild halten, auf dem eine tanzende Frau an einer Stange abgebildet ist, würde ich am liebsten die Augen verdrehen. Ich sage mir selbst, dass ich das alles einfach ignorieren sollte, es ist nur eine Stunde, höchstens zwei, und wenn alles gut läuft, kann ich mich mit ihm einigen und Lorenzo aus unserem Leben verbannen.

Marco sieht mich entschuldigend an, als er mir die Tür zum Club aufhält. Drinnen ist es dunkel und stickig, um mehrere runde Tische, wo Frauen in Tangas an Stangen tanzen, sitzen vereinzelt Männer herum, trinken etwas und sehen sich die Frauen an. Die Frauen bewegen sich sehr langsam, zu langsam, als wären sie gar nicht hier, vielleicht stehen sie unter Drogen, es würde mich nicht wundern.

Ein Mann tritt hinter der Bar hervor und begrüßt uns. Er kennt unsere Männer, dann ruft er in einen hinteren Bereich nach Lorenzo. Ich beobachte in der Zwischenzeit, wie einer der Männer einer Frau deutet zu kommen, er zieht mehrere Scheine aus seinem Portemonnaie, flüstert ihr etwas ins Ohr und sie beide gehen auf die andere Seite des Clubs in einen hinteren Bereich. Ganz reizend ist es hier.

»Da seid ihr ja, ich dachte schon, du hast es dir anders überlegt. Alea, wie immer ist es mir eine Ehre.« Er nimmt meine Hand und gibt mir einen Kuss auf den Handrücken. »Ich habe etwas Besonderes für uns vorbereiten lassen. Kommst du?« Er wendet sich an Marco und die Männer. »Ihr lasst es euch gut gehen.«

Einen Moment sehen Marco und ich uns in die Augen, doch ich folge Lorenzo die Treppen hinter der Bar nach oben, ich weiß, dass wenn etwas passiert, Marco da sein wird, um mir zu helfen.

Lorenzo deutet mir zu kommen, wir gehen eine dunkle Treppe nach oben, einzig Lorenzos grellrotes Jackett ist nicht zu übersehen. Er ist ein hübscher Mann, man kann nichts anderes sagen, doch er ist so … unglaublich schmierig und strahlt so viel Grausamkeit aus, dass es mir sogar schwerfällt, ihn anzulächeln.

Wir gehen auf eine Empore über dem Club, vor einem verglasten Fenster ist ein Tisch feierlich eingedeckt. Lorenzo schiebt mir den Stuhl so, dass ich mich setzen kann und setzt sich dann mir gegenüber. Sobald wir sitzen, wird uns eine Suppe von einer jungen Frau mit Schürze serviert, sie lächelt uns an und verschwindet dann hinter der einzigen Tür, die es hier zu geben scheint.

Meine Aufmerksamkeit liegt allerdings auf dem, was sich unter uns abspielt und worauf wir durch die Glasscheibe einen direkten Blick haben. Wir sehen in einen weiteren Raum, doch dieser ist edler gehalten, hier gibt es keine Stange, nur eine Bühne und die Männer sitzen an runden Tischen. Auf der Bühne steht eine wunderschöne Frau in einem knappen orientalischen Outfit und tanzt Bauchtanz. Sehr sexy und doch ist es verstörend für mich, darauf zu sehen und zu beobachten, wie die Männer sie betrachten, Lorenzo scheint jedoch sehr stolz darauf zu sein.

»Unsere orientalische Perle, sie wird gleich noch mit Schwertern arbeiten, aber erst einmal zu uns. Du fragst dich sicherlich, wieso ich dich hierhergebeten habe ...«

Ich esse die Suppe und wende meinen Blick von dem bizarren Spiel da unten ab. »Allerdings.« Lorenzo lacht auf. »Ich habe dich hergebracht, damit du siehst, woran dein Bruder und ich gearbeitet haben, das ist einer der vielen Clubs, in denen die meisten Geschäfte von mir stattfinden, dein Bruder hat sich an einigen beteiligt, dabei haben wir auch begonnen, neue Geschäfte zu planen.«

Ich habe gerade einmal die Suppe aufgegessen, da kommt die Frau schon mit einem Teller Nudeln heraus. Ich habe gerade den Löffel weggelegt, offenbar soll das hier schnell gehen.

»Das ist mir klar, Lorenzo, ich weiß, dass Michele und du einiges geplant haben und deswegen bin ich hier.« Lorenzo lächelt und greift über den Tisch nach meiner Hand. »Ich weiß, dass du bei meiner Schwester warst, ich weiß auch, dass sie seitdem weg ist, keiner weiß, wo sie abgeblieben ist. Du hast ein gutes Herz, Alea, das ist mir bewusst, deswegen verzeihe ich dir, dass du deiner Schwägerin helfen wolltest, doch umso wichtiger ist es zu verstehen, wie die Dinge hier laufen.«

Nun hebe ich gespannt die Augenbrauen. »Wir beide sind einander versprochen, Alea. Natürlich werden auch dein Vater und Marco weiter einen großen Einfluss haben, doch wir beide werden zusammen diese Geschäfte weiterführen. Ich möchte, dass du das hier nicht als etwas Merkwürdiges siehst, sonders als das, was uns ein traumhaftes Leben ermöglicht.«

Okay, ich weiß, dass ich jetzt eingreifen muss, doch ich spüre auch, wie mein Blut zu kochen beginnt, ich muss versuchen ruhig zu bleiben, das hier soll friedlich enden. Er zwinkert mir zu und ich schließe einen Moment meine Augen, um durchzuatmen, bevor ich sie wieder öffne und ihn ansehe.

»Zum einen sind wir nicht einander versprochen. Mein Bruder hat gedacht, er könnte über mich bestimmen, um unsere Familie zu retten, doch das bedeutet nichts. Nicht für mich und auch du solltest davon ablassen. Um ganz ehrlich zu sein, ist das auch nur Michele gewesen. Matteo hätte dich dafür, dass du es wagst, mich an so einen Ort zu bringen, wahrscheinlich hier und jetzt auf der Stelle getötet und wir beide wissen, dass er dazu in der Lage war.«

Ich sehe, wie sich bei jedem Wort Lorenzos Augen verdunkeln und hebe die Hand. Friedlich bleiben.

»Aber so wie es gekommen ist, sind nun beide nicht mehr unter uns. Deswegen sollten wir das Vergangene hinter uns lassen und nach vorne sehen. Ich bin zur Zeit die Anführerin der Scaranos, aber machen wir uns nichts vor, so soll mein Leben nicht bleiben.« Nun lächelt Lorenzo wieder. »Natürlich nicht, ich bringe dich zu meiner Familie, wir bekommen wunderbare Babys und du kannst ein Leben führen ...« Eine Gänsehaut zieht sich über meine Arme.

»Nein warte, Lorenzo, diese Sache mit dem Heiraten musst du unbedingt vergessen, verstehst du? Mein Vater ist ein alter Mann. Die Scaranos waren über Generationen mächtig, wir alle denken, dass es an der Zeit ist, diese Ära zu beenden, jetzt, wo man sie noch beenden kann, ohne ganz das Gesicht zu verlieren.

Mein Vater wird sich mit meiner Mutter zurückziehen und ein friedliches Leben leben, ich werde auch ein normales Leben führen. Unsere Männer können entscheiden, wie sie weitermachen. Es ist Zeit für eine Veränderung. Natürlich werden wir dir deine Geschäfte übergeben, wir verzichten auf eine Auszahlung.«

Lorenzo lehnt sich zurück und wirft seine Serviette auf seinen Teller, die Frau will kommen, doch er deutet ihr wegzubleiben.

»Ihr verzichtet auf eine Auszahlung? Ist das dein Ernst? Eure Männer kommen scharenweise zu mir gerannt, ich dachte, das wäre ein Irrtum, aber offensichtlich hast du wirklich deinen Verstand verloren.«

Er steht auf. »Es ist schade, ich dachte, dass wir uns so einigen können, doch unter diesen Umständen ...« Bevor ich noch etwas sagen kann, wendet er sich ab und geht die Treppen wieder hinunter. Ich schiebe den Teller weg und stehe ebenfalls auf. Ich hatte nicht damit gerechnet, dass er mir um den Hals fällt, doch wenn er solch ein Geschäftsmann ist, wie er immer tut, muss er doch wissen, dass es so am besten ist.

Ohne noch einmal auf das bizarre Spiel unter uns zu blicken, gehe ich hinunter, wo Marco und die anderen Männer bereits warten. »Das ging schnell.« Ich deute ihnen zu gehen. »Allerdings, ich hatte gehofft, dass wir uns einigen können, doch dafür liegen unsere Vorstellungen zu weit auseinander. Dann müssen wir ohne ihn weitermachen. Wo ist er hin?«

Marco deutet nach draußen. »Er ist direkt weggefahren.« Marco verabschiedet sich noch bei den Männern von Lorenzo, die zurückgeblieben sind, dann fahren auch wir zurück. Auf dem ganzen Weg zurück bitte ich Marco, mir zu erzählen, in wie vielen Geschäften und wie tief wir noch mit Lorenzo verstrickt sind. Im Grunde sind es laufende Geschäfte, aus denen wir sicherlich ohne Probleme aussteigen können. Wenn er nicht so stur wäre, könnte Lorenzo doch einfach froh sein, dass er nichts mit uns teilen muss, doch sobald wir bei uns einfahren, sehe ich, dass er das nicht so sieht.

Sein Auto steht vor unserem Haus und durch die Scheibe erkenne ich, dass er mit meinem Vater im Flur steht und redet.

»Dieser ...« Wir halten und ich gehe mit schnellen Schritten durch die Tür und zu den beiden.

»Was denkst du, was du hier tust?«

Lorenzo deutet auf mich und sieht zu meinem Vater.

»Du musst sie in den Griff bekommen, Ozias. Sie muss verstehen, wo ihr Platz ist in diesem Leben und was das Beste für uns alle ist. Es kann nicht dein Ernst sein, die Ära der Scaranos auslaufen zu lassen, das kannst du doch nicht wollen.«

Mein Vater sieht zwischen uns hin und her.

»Es ist nicht das, was ich unbedingt will, doch wenn man ehrlich ist ...«

Lorenzo lacht auf. »Seht ihr alle es nicht? Es ist so einfach. Ich heirate sie und führe die Geschäfte und irgendwann unsere Kinder, das ...«

Es reicht, ich schiebe Lorenzo mit all meiner Kraft hinaus aus dem Haus. Er könnte sich weigern und dagegenstellen, doch er tut es nicht.

»Wir geben die Geschäfte nicht an jemand anderen ab, das ist es, was du nicht verstehst und eher sterbe ich, als zuzulassen, dass meine Kinder solche dreckigen Geschäfte machen. Ich heirate niemanden nur wegen irgendwelcher Abkommen oder Geschäfte, merk dir das ein für alle Mal, Lorenzo!«

Mit diesen Worten knalle ich die Tür zu und sehe zu meinem Vater und Marco, der inzwischen auch im Haus ist. Ich höre Lorenzo fluchen und dann seinen Motor, doch mein Vater und auch Marco sehen mich ernst an.

»Du musst aufpassen, Alea. Wir müssen vorsichtig sein. Wir wissen noch nicht, was nun passiert und auf welcher Seite wir am Ende stehen müssen!«

Kapitel 18

Elisa

»Okay, aber willst du wirklich heute schon zurück?« Apollo nimmt sich noch ein Stück Brot und tunkt es in Olivenöl. Heute ist es sehr unruhig im Haus. Der Speisesaal war voll und da mein Bruder mit mir allein sein wollte, haben wir uns etwas zum Essen genommen und uns in den Besprechungsraum zurückgezogen.

Mittlerweile gibt es noch mehr Bilder an den Wänden, doch mehr ist hier nicht. Ich weiß, dass die wirklich wichtigen Dinge im separaten Raum nebenan oder auf Festplatten und Laptops gespeichert sind. Luca ist auch bei uns, er hat allerdings bereits gegessen und tippt neben uns an seinem Laptop einen Bericht über ihre Wache an der Grenze der letzten Nacht ab und was Auffälliges passiert ist.

»Papa geht es besser. Ich warte ab, was der Arzt jetzt bei der Untersuchung sagt, doch dann fahre ich wieder. Ich habe einige Tage verpasst, ich muss zurück. Papa und ich haben ausgemacht, dass wir in den nächsten Semesterferien für ein paar Tage nach Sizilien fahren wollen. Maria und du solltet mitkommen, wir ...«

Gerade als ich mit meiner Lasagne fertig bin, geht die Tür auf und Natale, Anabell und Jakop kommen herein. »Oh, ihr seid schon da ... die Besprechung beginnt.« Stimmt, heute soll darüber abgestimmt werden, ob und wie sie auf Aleas Vorschlag eingehen werden. Besonders das ist der Grund für die Unruhe im gesamten Anwesen. Das und dass sie vermutlich in Zukunft nicht mehr als die versteckten Rebellen sondern als offizielle Spezialeinheit agieren, die zwar weiter im Verborgenen arbeitet, aber mit viel mehr Möglichkeiten und Mitteln.

Das finden alle positiv, wenn es denn so kommen sollte. Ich kann nicht einschätzen, wie sie alle über das Angebot von Alea denken, ich weiß, dass dabei die Meinungen sehr verschieden sind.

Nach und nach kommen auch die anderen der Spezialeinheit dazu, ich stehe auf und gebe Apollo einen Kuss. »Dann viel Spaß, ich hoffe, ihr trefft die richtige Entscheidung.« Einen Moment sehe ich zu Natale und ihm in die Augen. Wir beide wissen, dass das hier mehr bedeutet. Mir ist nicht ganz klar, ob Natale diese Entscheidung nur als Anführer der Rebellen trifft und seine Gefühle ignoriert. Nash hat das bereits getan. Auch wenn er jetzt zurückrudert, war er dazu in der Lage und auch Natale hat auf Alea verzichtet, um ihr ein besseres Leben zu ermöglichen, die beiden können das. Die

Frage ist, ob er es jetzt wieder tut. Ich werde es früher oder später erfahren.

Gerade als ich gehen will, deutet Natale mir zu warten. »Elisa, warte, du kannst ruhig bleiben. Vielleicht kann es gut sein, eine neutrale Person dabei zu haben, die trotzdem genau über alles informiert ist.« Verwundert blicke ich mich um, doch die anderen sagen nichts dazu, Apollo deutet mir, mich neben ihn zu setzen und da ich zugegebenermaßen neugierig bin, setze ich mich wieder neben ihn.

Um ehrlich zu sein, tippe ich eher darauf, dass Natale möchte, dass ich mitbekomme, wie die Abstimmung abläuft, um es Alea später sagen zu können, falls sie ihm nicht glaubt. Zumindest ist das meine Vermutung.

Nach und nach versammelt sich die gesamte Spezialeinheit um den Tisch, was gleichzeitig bedeutet, dass keiner von ihnen auf Patrouille ist, was selten vorkommt, auch das bekräftigt noch einmal, wie wichtig die Entscheidung ist.

Als Letztes kommt Nash in den Raum, sofort schlägt mein Herz schneller, ich kann diese Reaktion auf ihn nicht abschalten. Besonders nach unserem Kuss vor dem zukünftigen Haus meines Vaters. Auch wenn mein Verstand etwas anderes schreit, sehne ich mich nach ihm. Ich vermisse ihn und als er mir jetzt überrascht in die Augen sieht, senke ich meinen Blick und weiche seinem aus. Wir haben seit dem Kuss nicht mehr miteinander gesprochen.

Nash setzt sich neben Natale an das Ende des Tisches mir gegenüber, mein Bruder gießt mir und sich Limonade ein, alle wirken angespannt. Nash räuspert sich leise und sieht dann einmal in der Runde herum. Seine Haare sind noch etwas nass, er trägt einen marineblauen Hoodie und die passende Jogginghose. Er scheint frisch rasiert zu sein und dabei nicht ganz aufgepasst zu haben, denn seine Wange ziert ein leichter Kratzer. Seine dunklen Augen sehen jeden einzelnen an, ich betrachte sein hübsches Gesicht und ermahne mich gleich wieder, die Distanz, die ich während der letzten Monate innerlich versucht habe aufzubauen, nicht so schnell zu verlieren.

»Als wir das erste Mal über die Entscheidung gesprochen haben, gab es ganz unterschiedliche Meinungen. Schon bei uns. Ich denke, wir alle haben den Zwiespalt bei allen, die hier leben, gehört und gespürt.« Natale atmet einmal hart aus und übernimmt dann. »Ihr seid auch einzeln zu uns gekommen. Nash und mir geht es doch im Grunde nicht anders als euch. Natürlich haben wir alle den Scaranos sehr viel vorzuwerfen. Sie sind an grausamen Dingen beteiligt gewesen, haben fast jedem von uns etwas genommen, jemanden genommen, mehrere Personen, die wir lieben, getötet, erpresst, gequält, keiner wird das jemals vergessen können.« Jakop, der auf der anderen Seite neben mir sitzt, spannt sich an. »Sie sollen dafür alle in der Hölle schmoren.«

Nash nickt. »Das tun zwei von ihnen bereits. An Matteo konnten wir selbst Rache nehmen, Michele hat auch den Tod gefunden und das auf sehr brutale Art, doch nun muss sich auch jeder die Frage stellen: Hilft euch das weiter? Ich meine, klar, es fühlt sich im ersten Moment gut an, doch das hält nicht lange. Die Kälte, die der Verlust der Person oder des Lebens, was wir verloren haben, mit sich bringt, kehrt zurück. Ihr Tod und die Rache ändern nichts daran, was passiert ist, wenn wir es aber jetzt richtig anstellen, kann es für die Zukunft Dinge ändern.«

Luca, der bisher wenig gesagt hat, nickt. »Am Anfang war ich auch absolut dagegen. Ich konnte mir nicht vorstellen, auch nur einen von ihnen entkommen zu lassen, doch dann dachte ich: Was ist, wenn es diese Chance schon damals gegeben hätte? Wenn es vor dem, was mir oder einem von euch passiert ist, eine Einigung gegeben und es die Scaranos nicht gegeben hätte? Dann wäre mein Leben und das der Menschen, die ich liebe, niemals so gelaufen, wie es ist. Klar fühlt sich Rache gut an, doch wenn wir jetzt dafür sorgen, dass es die Scaranos nicht mehr gibt und damit alle anderen und die nächsten Generationen nicht mehr mit ihren Machenschaften leben müssen, fühlt sich das noch viel besser an.«

Jakop unterbricht ihn schroff. »Wer sagt euch das? Wer garantiert euch, dass sie sich auf Dauer an diesen Plan halten? Ich will Rache und ...«

Nun mischt sich auch Anabell ein. »An einem alten Mann? Ozias war genauso grausam wie seine Söhne, doch das Schlimmste haben sie getan. Wenn wir ihn töten, machen seine Männer weiter, vielleicht übernimmt Lorenzo alles, wer weiß schon, wie sehr das noch ausartet, es kann nicht besser werden. Ich bin die Letzte, die jemanden wie den Scaranos die Hand reicht, doch Luca hat recht, vielleicht haben wir sogar die Verpflichtung es zu tun, um die nächsten Generationen zu schützen.«

Massimo mischt sich ein. »Aber wer gibt die Garantie, dass es dann ruhig bleibt, es gibt weiter Lorenzo, andere kleine Mafiagebilde, die ihr Unwesen treiben ...«

Es geht hin und her.

Ich weiß, dass das hier eine große Chance ist, aber ich würde lügen, wenn ich nicht zugeben muss, dass ich jeden einzelnen verstehe. Sie haben ja auch recht, es wird trotzdem weiter Leute wie Lorenzo und andere geben, die vielleicht sogar noch mächtiger werden, wenn die Scaranos weg sind, doch Natale erklärt, dass sie deswegen ja auch weiter die Spezialeinheit unter dem Präsidenten sein werden, um gegen diese Unterwelt-Kriminalität vorzugehen und somit dafür zu sorgen, dass Italien sicherer wird.

Doch wenn die Scaranos sich offiziell zurückziehen, ist es geschafft, die gefährlichste, größte und mächtigste Familie zu stoppen, und dass das vieles ändern wird, ist auch allen bewusst.

Jeder sagt seine Meinung und im Grunde ist sie fast bei allen nicht ganz sicher, sie alle wollen Rache, aber doch auch sich diese Chance nicht entgehen lassen, wobei so ganz auch keiner daran glauben kann.

Irgendwann erhebt Anabell noch einmal das Wort und sieht sich ernst um.

»Ich denke, so kommen wir nicht weiter. Wir können keine endgültige Entscheidung fällen, wenn nicht die richtigen Bedingungen gestellt sind. Sie haben ein Angebot gemacht, dafür werden wir ihnen jetzt Forderungen vorlegen. Ich weiß nicht wie, aber wir müssen die Garantie haben, dass wir die Scaranos von jetzt an für immer im Griff haben und sie sich aus allem herausziehen und ihre Geschäfte auflösen. Wir brauchen keine Worte von diesen Verbrechern, wir brauchen Garantien!«

Nur wenige Minuten später ist die Besprechung beendet.

»Ich hätte gedacht, dass ihr euch heute entscheidet.«

Apollo hat den Arm um mich gelegt und wir laufen die Treppe hinunter. Ich spüre Nash hinter mir, die Besprechung war intensiv, aber auch relativ kurz, da sie sich jetzt erst einmal mit den Scaranos treffen wollen. Natale hat gleich mit Alea geschrieben. Morgen Nachmittag treffen sie sich, dieses Mal wird ihr Vater und auch andere Mitglieder der Scaranos dabei sein. Allen ist klar, dass das das erste Treffen wird, was sie abhalten und es nicht ungefährlich ist.

Nash und sein Bruder sind noch im Raum geblieben, doch gerade spüre ich, dass er wieder hinter mir ist. »Das wird nicht so leicht, wir müssen mit ihnen verhandeln, wir brauchen Garantien. Wenn wir es überhaupt in Betracht ziehen, die übrigen Scaranos davonkommen zu lassen, müssen wir eine Garantie bekommen, dass sie nie wieder auftauchen.«

Apollo wird mich zum Campus zurückfahren, doch erst einmal möchte ich meinen Vater noch sehen, uns wurde gesagt, er ist im Garten. Als wir jetzt unten ankommen, ertönt laute Musik aus dem Garten, Viola kommt gerade aus dem Speisesaal und sieht mich fragend an.

»Du hast doch nicht vor, schon zu gehen, nichts da.« Sie nimmt meine Hand in ihre und schiebt mich von Apollo weg, der das ganze lächelnd zulässt. »Wir haben spontan beschlossen, einen kleinen Weihnachtsmarkt draußen zu veranstalten, als Probe für die große Feier, heute kamen die Geräte und Wärmesäulen und Feuerschalen an.«

Viola nimmt mich mit nach draußen, zum Glück hatte ich meine Jacke schon an und ziehe sie zu. Es ist bitterkalt, der Anblick im Garten lässt einen das allerdings vergessen. Überall stehen kleine Stände, es gibt gebrannte Mandeln, Waffeln, Suppe und überbackene Baguettes und Glühwein. Man spürt die Kälte mitten im Garten nicht so sehr, mehrere Feuer brennen und Heizstrahler sind an.

Im Garten stehen Bänke, an denen schon einige sitzen, ich entdecke meinen Vater, Maria und Isajah an einem der Tische, sie trinken Glühwein und essen Baguettes. Sobald ich mich zu ihnen gesetzt habe, bekomme ich eine Decke umgelegt. Es ist kuschelig und gemütlich. Nach und nach kommen fast alle heraus. Nash und Jakop stehen an einem der Tische mit zwei anderen Männern und scheinen sich zu besprechen, doch auch sie trinken und essen. Immer wieder treffen sich unsere Blicke, doch bisher haben wir kaum mehr miteinander gesprochen, als würde sich keiner trauen, die Wirkung unseres Kusses anzusprechen und damit wieder die Frage aufzuwerfen, was nun als Nächstes passieren wird.

Mein Vater erzählt mir, dass der Arzt mit seinen Fortschritten sehr zufrieden ist. Da im Moment nicht viel los ist auf den Feldern, wird er morgen mal wieder zum Haus gehen und sehen, was dort alles passiert ist. Er wird natürlich noch nicht mit anpacken, aber ich kenne meinen Vater, viel länger kann man ihn nicht ruhigstellen.

Es dauert auch gar nicht so lange und Maria, Isajah und er ziehen sich zurück. Apollo bringt ihn hoch, er sagt mir, er geht noch trainieren und wenn ich loswill, soll ich ihm Bescheid geben.

Viola und Shayla ziehen mich dann zu mehreren aufgereihten Bänken vor dem See. Massimo und einige andere singen dort Karaoke. Ich kenne ja bereits seine Stimme und bekomme eine Gänsehaut, als er alte italienische Liebeslieder zusammen mit einigen anderen von sich gibt. Irgendwann setzt sich Nash zu mir. Er legt mir erneut eine Decke um und bleibt nah bei mir sitzen. »Nur für eine kleine Weile, als wäre nie etwas passiert.« Ich muss lächeln, als er mir eine Tüte gebrannter Mandeln reicht. »Nur für eine kleine Weile ...« Einen Moment schließe ich die Augen. Ich lehne mich sogar ein wenig an ihn, um seinen Geruch einzuatmen, wie sehr ich ihn vermisse.

Es kann sehr gut sein, dass ich das hier gar nicht zulassen würde, wenn der Glühwein mich nicht schon ein wenig entspannter hat werden lassen. Luca hat ein Tablett mit mehreren Tassen voller Glühwein dabei und ich trinke noch einen. Nash neben mir hält mich an sich. Ich spüre seinen Arm an meinem Rücken, spüre das vertraute Vibrieren neben mir, wenn er über eine Bemerkung von Noel lacht, der neben ihm sitzt. Ich höre auf Massimos schöne Stimme und genieße die Wärme in meinem Körper.

Ich fühle mich wohl hier, das habe ich die ganze Zeit, selbst als ich noch eine Gefangene war. Wir lachen viel und hören den anderen zu. Irgendwann quietscht Viola auf und wir sehen in den Himmel, aus dem dicke Schneeflocken um unsere Gesichter schweben. Nash zieht mich noch enger an sich, ich lege die Decke um uns beide und unter der Decke gleitet seine Hand an meinen Rücken, unter meinen Pullover.

Ich werde den Kuss und die Nähe eh nicht mehr so einfach von mir schieben können, deswegen genieße ich die Berührung seiner Finger auf meiner Haut. Er schreibt in einem angenehmen Tempo Kreise auf meine Haut, mir wird immer wärmer und anstatt mich dem zu entziehen, lehne ich mich in seinen Arm hinein, sodass seine Hand noch mehr Haut von mir berühren kann.

Der Glühwein, die Musik, die vertraute Stimmung, Nash und seine Nähe, ich will hier nie wieder weg. Als Nash einen Anruf bekommt und etwas von Papieren, die auf seinem Schreibtisch sind, redet und aufsteht, wird mir sofort wieder kalt. Nash sagt mir, dass er gleich zurück ist.

Einen kleinen Moment warte ich, höre mir die Geschichte von Shayla an, die sie erzählt, höre auf Anabell, die gerade ein Lied singt und lehne meinen Kopf an Viola. Sie gibt mir einen Kuss auf die Wange. »Siehst du nicht, wie sehr er leidet?« Ich lache leise auf. »Falls du es vergessen hast, er hat mich verlassen.« Viola atmet tief aus und legt den Arm um mich. »Vielleicht versteht man es nicht gleich, weil es zu sehr wehtut, doch manchmal ist es der größte Liebesbeweis, einen gehen zu lassen.«

Einige Minuten lasse ich ihre Worte durch meinen Kopf gehen, mir wird kälter und kälter und mein Herz zieht sich vor

202

Sehnsucht zusammen. Was soll's, ich bin eh schon viel zu weit gegangen. Auch ich murmle, dass ich gleich komme und laufe mit schnellen Schritten zurück ins Haus. Erst jetzt sehe ich, wie spät es bereits ist, ich gehe die Treppen nach oben und halte einen Moment vor Nashs Tür ein.

Ich höre, dass er noch da ist, dass er das Gespräch beendet. Bevor ich klopfen kann, hat er schon die Tür geöffnet und sieht mir überrascht in die Augen.

Jetzt sind alle meine Bedenken weit von mir geschoben.

»Nur eine kleine Weile ...«, flüstere ich und schon liegen meine Lippen auf seinen. Nash zieht mich in seinen Wohnbereich und verlässt dabei meine Lippen nicht einmal. Ich spüre die Wand an meinem Rücken, es ist dunkel, nur eine kleine Nachttischlampe brennt und die Lichter vom Garten erhellen den Raum, doch all das ignoriere ich.

Endlich spüre ich ihn wieder richtig. Ich seufze verzückt auf, als Nash den Kuss beendet, kurz Luft holt und mich im nächsten Moment wieder an sich zieht und mich tief und sehnsüchtig küsst. So sehr ich mich gegen ihn gewehrt habe, der Kuss wird ihm zeigen, dass es mir nicht anders als ihm geht.

Meine Hände sind überall, sie fahren unter seinen Pullover, ziehen daran, bis er ihn sich mitsamt Shirt über den Kopf zieht. Auch mein Pullover liegt gleich danach auf dem Boden. Nashs Lippen verlassen meine, er fährt meine Haut entlang, meinen Hals. »Du fehlst mir, Elisa, du musst mir verzeihen.« Ich beiße mir auf die Lippen als er meinen BH öffnet und meine Brustwarze liebkost, ich habe nicht einmal die Möglichkeit, ihm zu antworten.

Mein Atem geht schneller, mir wird immer heißer, als ich versuche, seine Hose zu öffnen, während seine Lippen und seine Zunge mich verrückt machen. Ich weiß nicht wie, aber irgendwann landen wir auf dem breiten weichen Bett von Nash. Massimo mit seiner rauen Stimme stimmt unten gerade das Lied Per Favor von Nyv an, das sogar bis hier nach oben zu uns dringt. Nash streift sich die Hose ab und hat auch mir bereits jeden Stoff vom Körper entfernt.

Wir werden langsamer. Dieses Lied trifft uns beide, Nash legt sich über mich und küsst mich zärtlich, ich bin so überwältigt von der Sehnsucht, die zwischen uns freigetreten ist, dass mir zwei Tränen aus den Augenwinkeln gleiten, während Nash in mich eindringt und uns beide endlich wieder vereint.

Nash küsst meine Tränen weg und hält ein. »Ich liebe dich, Elisa.« Ich nicke, meine Lippen gleiten zu seinem Kinn und seiner Wange. »Ich weiß, ich liebe dich auch und du fehlst mir auch jeden Tag.« Nash küsst meine Lippen. »Es tut mir leid, dass ich uns beiden das angetan habe.«

Ich sehe ihm in die Augen. »Lass uns all das vergessen, für eine Weile, ich will dich endlich wieder spüren.«

Über meinem Kopf verschränkt er unsere Hände miteinander und ein tiefes Stöhnen entrinnt mir, als er sich zurückzieht und sich in mir zu bewegen beginnt. Seine Lippen erobern meine, ich stöhne immer wieder in den Kuss hinein, meine Hände krallen sich an seinen Rücken. So perfekt und richtig, wie sich all das hier anfühlt, ich will nie wieder etwas anderes schmecken und spüren, auch Nash stöhnt auf und treibt uns beide an einen Punkt, den ich schon viel zu lange vermisst habe.

Auch noch nach zwei Stunden, nachdem ich ihn wieder ganz gespürt habe, kann ich mich nicht von ihm trennen. Nash liegt schlafend neben mir, sein Arm ruht um meiner Taille, ich küsse immer wieder seine Schulter, doch ich weiß, dass es so nicht geht, dass es so zu einfach ist. Nichts hier war oder ist je einfach, keine Entscheidung, kein Entschluss, das müssen wir alle lernen.

Deswegen entziehe ich mich seinen Armen, so schwer es mir auch fällt. Ich ziehe mich leise an, sehe noch einen Moment auf ihn und erneut verlässt eine Träne mein Auge. Wie sehr ich diesen Mann liebe.

So leise ich kann schlüpfe ich dann aus seinem Wohnbereich und klopfe eine Minute später bei Apollo, der mir verschlafen öffnet.

»Bringst du mich zurück in mein neues Leben?«

Kapitel 19

»Wieso bist du so nervös?« Mein Vater sieht auf meine Beine, die ich zwar schon extra übereinander gekreuzt habe, die aber trotzdem auf und ab wippen, weil ich so nervös bin.

Die ganze Zeit sehe ich schon aus dem Fenster. Wir treffen uns in dem Café genau an der Grenze, in dem ich auch mit Elisa war. Wir brauchen nur noch wenige Minuten und mein Herz schlägt immer schneller.

»Weil das hier wichtig ist, Papa, ich weiß nicht, wie sich die Rebellen entschieden haben, ich weiß nicht, was nach heute passiert. Verstehst du das? Es gibt keinen Plan B, nur einen Plan A und er muss funktionieren.«

Mein Vater lacht auf und legt seine Hand auf mein Bein, so stoppt er das Herumgezappel, dabei sieht er mich streng an.

»Das ist schon ein Denkfehler, so darfst du niemals an eine Sache herangehen. Hab keine oder zumindest keine großen Erwartungen, dann kannst du auch nicht enttäuscht werden. Ich bin hier, um mir anzuhören, was die Rebellen zu sagen haben, mehr nicht. Keine Hoffnungen, keine Enttäuschungen, versuche es mal so.«

Auch wenn ich leicht den Kopf schüttle, bringt mein sturer Vater mich zumindest zum Schmunzeln. Wenn ich selbst schon so nervös bin, versuche ich wenigstens, so gelassen wie möglich zu wirken. Ich trage eine blaue Jeans, Stiefel und einen engen weißen Rollkragenpullover. Ich habe die passende Wollmütze auf dem Kopf und meine Haare gleiten offen an mir herab. Passend zu allem hat es auch noch geschneit, es schneit so selten hier, doch natürlich muss es genau jetzt passieren. Wir kommen nur langsam voran.

Noch einmal gehe ich durch meine Haare, trage meine Lippenpflege auf und sehe nach meiner Wimperntusche, als sich vor uns das Café auftut und ich drei Jeeps der Rebellen davor entdecke.

Es geht los.

Bevor wir aussteigen, sehe ich zwischen meinem Vater, Marco und Hanibal, der bei uns im Wagen sitzt, hin und her. »Wir sind hier, um eine Lösung zu finden und egal wie ihre Entscheidung ausfällt, es wird nichts eskalieren. Wir haben ausgemacht, dass es für dieses Treffen einen Waffenstillstand gibt, also haltet euch daran.«

Mein Vater hebt unschuldig die Hände, Marco und Hanibal nicken und da die anderen vier unserer Männer bereits aus dem anderen Wagen ausgestiegen sind, steigen wir auch aus.

Vor dem Café ist niemand, zumindest sieht man niemanden. Ich bin mir allerdings ziemlich sicher, dass uns schon eine Weile jemand verfolgt oder eine Drohne uns im Auge behält. Marco und Hanibal gehen vor, sie ziehen sofort ihre Waffen, sobald wir in das Café gehen.

Es gibt keine weiteren Gäste. Alle Tische stehen noch an die Seite geschoben, nur ein längerer Tisch ist in der Mitte platziert, hinder diesem steht Natale, lässig die Hände in den Hosentaschen, in einem schwarzen Trainingsanzug und mit dicker Winterjacke. Sein Blick gleitet an mit herab und wieder hoch zu meinen Augen. Einen Moment muss ich an die Zeit vor wenigen Nächten denken, wo wir uns einfach nicht mehr zurückhalten konnten.

Um einen klaren Kopf zu behalten, schiebe ich diese Gedanken beiseite, doch das Schmunzeln auf seinen Lippen verrät, dass er ähnliche Gedanken hatte. So schnell wie sein Schmunzeln gekommen ist, ist es auch wieder verschwunden, als er zu unseren Männern und besonders zu meinem Vater neben mir sieht.

Neben Natale steht Nash, neben ihm Luca und Jakop, alle anderen sind wie immer vermummt, doch auch sie sind genau acht Leute. Wie vereinbart. Jeder von ihnen hat eine Waffe gezückt, genau wie auch unsere Männer, alle außer Natale, mein Vater und ich. Alle im Raum sind angespannt, man kann den Hass und die Kälte bis tief in die Knochen spüren.

Mein Blick gleitet zu all den Waffen und ich schüttle nur den Kopf, lege meine Tasche auf den Tisch und setze mich an das eine Ende.

»Wie nett!«

Natale legt den Kopf schief und setzt sich mir gegenüber, auch mein Vater setzt sich, alle anderen bleiben stehen.

»Wir passen uns nur an!«

Ich sehe Natale in die Augen, in der Hoffnung, dort die Antwort bereits zu lesen, doch sie sind wie meistens unergründlich. Nicht kalt, das sind sie mir gegenüber so gut wie gar nicht mehr, doch ich und wahrscheinlich auch niemand anderes kann erraten, was gerade in seinem Kopf vor sich geht.

»Von mir aus. Wenn es euch allen dann besser geht.«

Ich sehe unbeeindruckt zwischen allen hin und her.

Natale räuspert sich, bevor ich etwas sagen kann.

»Da das hier für jeden von uns eine merkwürdige Situation ist, sollten wir es so schnell wie möglich hinter uns bringen.« Ich setze an etwas zu sagen, doch Natale lässt mich nicht und ich schenke ihm einen tödlichen Blick.

»Wir wissen euer Angebot zu schätzen. Nichts kann das, was die Scaranos Italien angetan haben, wiedergutmachen ...« Mein Vater lacht leise auf. »Was genau? Dass wir die Wirtschaft zum Boomen gebracht haben?« Statt Natale antwortet Luca gereizt. »Oh nein, wir reden von dem Frauenhandel, dem Drogenhandel, den vielen Toten, die nur sterben mussten, weil sie nicht nach eurer Pfeife tanzen wollten und ich denke, diese Liste kann man ewig so fortführen.«

Mein Vater lehnt sich unbeeindruckt zurück. »Das aus dem Mund der Männer, die meine Tochter, meine Schwiegertöchter und meine Frau entführt haben.« Jakop tritt vor. »Ihnen ging es gut, sie ...« Natale hebt die Hand. »Das reicht, wir wissen, wo wir alle stehen und wer uns gegenüber sitzt. Trotzdem ist uns allen auch bewusst, wie viel besser Italien ohne Scaranos dastehen würde, wie gut das für das Land und für die nächsten Generationen wäre.«

Hoffnung breitet sich in mir aus. »Also stimmt ihr zu?« Natale schüttelt leicht den Kopf. »Nicht ganz. Nicht ohne Garantien. Wir können euch nicht einfach laufen lassen und keine Garantie in der Hand haben, dass ihr auch für immer weg seid. Dass es keine Nachkommen mehr gibt, die diese Macht wieder aufleben lassen ...«

Ich sehe ihm in die Augen. »Ich gebe euch diese Garantie ...«

Natale lächelt matt. »Das wirst du, Alea, doch nicht so, wie du das denkst. Wir brauchen Garantien. Deswegen werde ich Alea heiraten. Sie wird meine Frau und ich habe den Rest der Familie genau im Blick, außerdem werde ich dafür sorgen, dass unsere Kinder niemals ...«

Was? Was ... was tut er da ...? Fassungslos sehe ich von Natale zu meinem Vater, der gar nicht so überrascht scheint, die Männer bei Natale sind es allerdings schon, selbst Nash sieht einen Moment verwirrt zu seinem Bruder.

Mir verschlägt es nie die Sprache, niemals. Ich sehe fassungslos zu Natale. Mein Vater zuckt nur die Schultern.

»Du bist der zweite Mann in zwei Tagen, der meine Tochter heiraten will und du wirst auch nicht der letzte sein. Ich verstehe absolut, was ihr davon habt, aber was für Vorteile sollte das uns bringen?« Nun sehe ich schockiert von Natale zu meinem Vater. »Wie wäre es damit, dass wir euch am Leben lassen und auf eure Forderungen eingehen, so haben wir alle ...«

Ich stehe auf und nehme wütend meine Tasche, alle verstummen. »Alea ...« Natales Stimme ist sanfter als sonst, doch ich koche vor Wut und hebe drohend meinen Finger. »Wage es nicht, Natale, wage es nicht wie alle anderen, mich wie eine Ware zu behandeln.«

Mit diesen Worten wirble ich um, so schnell, dass der Stuhl umfällt. Mit einem lauten Krach verlasse ich das Café, ich höre noch, wie jemand murmelt. »Streiten können sie sich schon wie ein Ehepaar.« Doch ich ignoriere das alles, erst als sich Natales Hand um meinen Arm legt, drehe ich mich zu ihm um und mein Blick muss mehr als tödlich sein, denn er geht einen Schritt zurück und das will bei einem Mann wie Natale etwas heißen.

»Alea, warte, du weißt, dass ich dich nicht als Ware sehe. Niemals, du weißt, was du mir bedeutest und wie weit ich bereit bin, für dich zu gehen. Zweifelst du etwa noch an mir? Das ist die einfachste Lösung. Ich liebe dich und ich werde so oder so nicht mehr ohne dich ...«

Nun bin ich kurz davor, ihm eine Ohrfeige zu geben, doch ich beherrsche mich und entziehe ihm nur wütend mein Handgelenk. Trotzdem gehe ich einen Schritt näher.

»Weißt du, Natale, du kennst ja nicht einmal die richtige Reihenfolge, erst sagt man der Frau, dass man sie liebt und dann kommt irgendwann ein Antrag. Nicht bei einer Einigung zwischen Feinden und schon gar nicht und niemals als Teil von dieser Einigung. Wir gehen!«

Ich sage das zu unseren Männern, die aus dem Café kommen, ich höre Marco leise lachen. »Dann hat sich das ja auch erledigt …« Doch ich achte nicht mehr darauf, schneller als alle anderen bin ich am Auto, steige ein und schließe laut die Tür.

Mit allem habe ich gerechnet, aber nicht damit!

Kapitel 20

Elisa

Seine Lippen verschlingen mich sehnsüchtig und fordern zugleich, und auch ich kann nicht genug von ihm bekommen. Ich war so gut dabei, Nash und die Erinnerungen an ihn von mir zu stoßen, dass ich verdrängt habe, wie gut es sich anfühlt, bei ihm zu sein. Von ihm gehalten und geliebt zu werden. Wir konnten nicht aufhören, uns zu sagen, dass wir uns lieben, es hat nichts geändert, noch immer ist diese Distanz zwischen uns, die er mit seiner Entscheidung geschaffen hat und doch sitze ich hier und bilde mir ein, seine Lippen noch immer zu spüren.

'Wieso bist du einfach gegangen? Sag mir, wann du später Zeit hast, lass uns noch einmal reden.'

Vor einer Stunde hat er mir geschrieben. Ich weiß, dass sie heute das wichtige Treffen mit Alea haben, es ist bereits nachmittags, wahrscheinlich findet es gerade statt, ich werde noch etwas warten und dann Alea anrufen.

Es wäre so einfach, ihm jetzt zu schreiben, ihn zu treffen, in seine Arme zu flüchten, doch für was habe ich dann das letzte halbe Jahr gelitten und gekämpft? Ich kann ihm nicht noch einmal so viel Macht geben, mir wehzutun. Jetzt denkt er, er will mich zurück, wer weiß, wie es in einigen Wochen aussieht?

Deswegen schreibe ich ihm nicht und lege mein Handy weg. Im selben Moment klopft es leise und Sarah steckt ihren Kopf herein. »Liebst du mich genug, um mir heute Abend den Arsch zu retten?«

Unter den Arsch retten versteht Sarah, dass ich sie auf eine Party begleite, auf der ihr Uni-Schwarm Jason ist. Jason verbringt ein Austauschjahr hier. Normalerweise studiert er an der Columbia und diesen Vibe bringt er auch mit. Egal was er tut. Ob er sich durch seine Surferhaare streicht, während er den Jungs auf dem Rasen American Football beibringt, oder ob er auf den zahlreichen Partys, die er besucht, allen Frauen den Verstand mit seinem schiefen Lächeln raubt.

Eigentlich habe ich gar keine Lust, sollte ich allerdings weiter hier liegenbleiben und auf Nashs Nachricht sehen, verliere ich noch meinen Verstand und das ganz ohne Jasons Grinsen.

Also raffe ich mich auf, ziehe mir einen sexy Jumpsuit an, binde mir einen festen Zopf, schminke mich und hülle mich dann in einen dicken Wintermantel. Da man bei diesem

Schnee unmöglich in High Heels laufen kann, ziehen wir Boots über und nehmen die sexy Schuhe in die Hand. Wir müssen nur zwei Straßen weiter in eine Lagerhalle, die oft genutzt wird, um für die Uni Feste abzuhalten. Sie steht leer und wird jedes Mal ganz unterschiedlich dekoriert.

Gerade als wir dort ankommen, bekomme ich eine weitere Nachricht. Dieses Mal von Alea.

'Natale hat gerade vor meinem Vater und allen anderen verkündet, dass er mich heiraten will, des Friedens willens.' Ich lese die Nachricht zweimal, dann antworte ich ihr.

'Das ist nicht dein Ernst? Ich meine, mir ist klar, dass er dich liebt, doch das ist … unerwartet, was hast du gesagt?'

Die Party ist schon voll im Gange, wir wechseln unsere Schuhe und lassen die Boots am Eingang stehen.

'Das fragst du noch? Ich werde nie wieder mit ihm reden, er kann froh sein, dass ich ihm nicht den Hals vor allen anderen umgedreht habe. Oh, dass er mich liebt, hat er auch noch erwähnt, nach dem Antrag, versteht sich.'

Ich muss leise lachen, ich kann mir förmlich vorstellen, wie wütend sie ist und wie sie allen die Meinung gesagt hat. Armer Natale.

'Das hört sich nach ihm an. Hast du morgen Zeit, wir könnten uns wieder im Café treffen? Ich weiß, wir sollen das nicht, aber hey, wahrscheinlich sind die eh gerade alle sauer, schlimmer geht es nicht mehr, also wieso nicht.'

Sie antwortet sofort.

'Bin dabei, um 16 Uhr? Du fehlst mir, du bist die einzig Normale in all dem Wahnsinn hier.'

Ich muss lachen, sie fehlt mir auch.

'Du fehlst mir auch. 16 Uhr morgen, und versuche bis dahin, niemanden zu töten, so wütend, wie du bist.'

Ich schicke ein Smiley dazu, obwohl ich die Bitte ziemlich ernst meine.

'Ich kann nichts versprechen'

Das kann ich verstehen. Ich stecke das Handy in meine feine Umhängetasche und mache mir erst einmal mit Sarah ein Bild von der Feier. Sie ist nicht so voll wie die meisten, wahrscheinlich liegt das daran, dass die meisten schon in den Vorbereitungen für die Feiertage sind, die immer schneller näherrücken.

Es wird getanzt, überall sitzen kleinere Gruppen herum, ich entdecke eine Gruppe, wo viele sitzen, die wir kennen und will sie bereits ansteuern, da zieht mich Sarah zu einem Billardtisch in einer Ecke. Natürlich ist Jason hier. Mit drei anderen Studenten und einigen Frauen, die ihn anhimmeln, spielt er Billard und unterhält sich.

»Hey, wollt ihr mitspielen?« Jason entdeckt uns sofort und hält uns seinen Queue hin. »Nein danke.« Ich lächle matt und setze mich auf einen der freien Barhocker, die hier stehen. Sarah jedoch greift zu und lässt sich nicht zweimal bitten. »Ich bin nicht gut, aber ich kann es versuchen.«

Jason sieht zu mir, doch dann beugt er sich über Sarah, die sich auf den Billardtisch lehnt. »Ich kann es dir zeigen: Fixier eine Kugel ...« Den Rest blende ich aus, Sarah hat, was sie wollte, ich sehe mich um und bin dankbar, dass sich eine andere Frau aus meinem Kurs zu mir setzt und mich etwas zu unseren Hausaufgaben fragt, so kann ich der Versuchung widerstehen, auf mein Handy zu sehen.

Nach dem Spiel zieht mich Sarah auf die Tanzfläche. Auch ich spüre und bemerke, dass Jason die ganze Zeit zu uns sieht, somit wird Sarahs Tanz immer sexyer. Es ist nett, eine Abwechslung, doch ich spüre, dass es immer weniger bringt.

»Ich denke, ich gehe langsam, ich gehe erst einmal auf die Toilette und dann haue ich ab. Ich bin mir aber sicher, dass du noch deinen Spaß haben wirst, so auffällig, wie Jason die ganze Zeit hersieht.«

Sarah zwinkert mir zu und versichert mir, dass ich alle Details erfahren werde, ob ich will oder nicht. Im Bad mache ich mich etwas frisch und zwinge mich erneut, nicht auf mein Handy zu sehen, es hat sogar einmal geklingelt, doch bis jetzt habe ich es einfach in der Tasche gelassen.

»Jason.« Beim Betreten des kleinen Flurs, der die Toilette von der Halle trennt, renne ich fast in den Austauschstudenten hinein, der mich aus seinen blauen Augen ansieht und wieder dieses Lächeln im Gesicht hat

»Machst du das eigentlich bewusst so, oder willst du nur meine Aufmerksamkeit? Du hast gewonnen, du hast sie.«

Verwirrt binde ich mir meine Tasche um und gehe einen Schritt zurück, da er nähergekommen ist.

»Um ehrlich zu sein weiß ich nicht, wovon du sprichst.«

Jason kommt noch näher und ich sehe mich im Flur um, doch wir sind allein.

»Tu nicht so, du bist hier, ich sehe dich jeden Tag in meiner Nähe und doch ignorierst du mich, woran liegst das? Willst du meine volle Aufmerksamkeit? Die hattest du schon, als ich gehört habe, du warst mit einen Mafia-Boss verlobt und hattest danach eine Affäre mit einem weiteren, du scheinst wild zu sein und ich stehe ...«

So langsam verstehe ich, was hier passiert. Natürlich, durch Sarah habe ich mich tatsächlich viel in seiner Nähe aufgehalten und ihn reizen die Gerüchte über mich. Bevor ich ihm aber erklären kann, dass er völlig falsch liegt, hat er mich an die Wand gedrängt. Ich will ihn gerade wegschubsen, da packt er meine Hände und seine Lippen legen sich grob auf meine.

Meinen Versuch, ihm etwas zu sagen, versteht er falsch und vertieft den Kuss. Ekel überkommt mich, sofort muss ich an Nash denken und schubse Jason mit solch einer Kraft von mir, dass er fast über seine eigenen Füße stolpert.

»Du hast vollkommen recht, ich kenne Männer, die dir ohne mit der Wimper zu zucken dafür die Kehle durchschneiden würden, also komme mir nie wieder zu nahe. Du bist hier in Italien, da gibt es das nicht nur im Fernsehen, verstanden?« Noch einmal schubse ich ihn von mir. Jason reibt sich den Brustkorb. »Heiß!«

Das ist doch nicht sein Ernst. Wütend gehe ich so schnell ich kann von ihm weg und verlasse die Feier. Erst als ich draußen bin, bemerke ich, dass ich weine, was mich noch verzweifelter werden lässt. Das gerade, das war ... Gott, ich werde niemals über Nash hinweg sein, was mache ich mir hier eigentlich jeden Tag aufs Neue vor?

Mein Handy klingelt erneut und dieses Mal gehe ich ran.

»Elisa, ich bin bei dir am Campus, wo bist du?« Nash, nun kann ich meine Tränen gar nicht mehr zurückhalten. »Ich bin auf einer Feier, zwei Straßen weiter und mich hat jemand geküsst, ohne dass ich es wollte und deswegen hasse ich dich. Ich will dich nicht so sehr vermissen, wie ich es tue, ich will das nicht und doch kann ich es nicht verhindern, egal wie sehr ich es versuche.«

Ich höre sein Auto. »Das ist … ich war heute relativ friedlich, doch das kann ich auch schnell ändern. Wieso hast du keine richtigen Schuhe an? Steig ein, oder ich gehe hinter dir auf die Feier und suche denjenigen, der dich einfach geküsst hat, das sollte niemand wagen.«

Ich muss trotz meiner Tränen lachen, als ich Nashs Jeep entdecke, der auf mich zugefahren kommt. Er ist unmöglich. Die Tür zum Beifahrersitz öffnet sich und ich steige ins Auto. Nashs Blick gleitet an mir herunter, nachdem ich die Tür geschlossen habe. »Soll ich …?« Er deutet zur Feier und ich schüttle den Kopf. »Nein, ich habe das selbst geklärt, wenn mir das letzte Jahr etwas beigebracht hat, dann das.« Nash lacht leise auf und hebt seine Hand. Liebevoll streicht er mir meine Tränen weg, dann gibt er Gas.

»Lass uns reden, Elisa, so geht das doch nicht weiter, sollen wir nach Hause … also zu uns fahren?« Ich sehe aus dem Fenster. »Nein, ich will nicht reden, ich habe keine Kraft mehr, darüber zu sprechen, nicht jetzt und ich will nicht … zu den Rebellen. Nicht dass du mir auch noch spontan einen Heiratsantrag machst.«

Nash fährt weiter und lacht. »Dafür ist mein Bruder zuständig und mir würde es fürs Erste reichen, wenn wir das zwischen uns klären können, aber wenn du es heute nicht willst, dann morgen. Wir beide wissen, dass es so nicht weitergeht.«

Natürlich tun wir das und doch habe ich jetzt keine Kraft dafür, ich kann noch nicht nachgeben, auch wenn mein Herz mich zerreißt. »Sollen wir zum Campus …?« Ich sehe zu ihm. »Ich will nicht zurück in das alte Leben und dich auch noch nicht mitnehmen in mein neues und doch will ich nicht, dass du gehst, so kann man meine Gefühle sehr gut beschreiben.«

Nash sieht zu mir und mir in die Augen. Dann gibt er Gas und fährt mehrere Straßen weiter auf einen leeren Parkplatz. Er stellt die Heizung an, steigt aus, holt eine Decke aus dem Kofferraum und setzt sich nach hinten. Mit einigen Handgriffen hat er die Sitze in Liegen verwandelt, zieht sich seine Jacke aus und legt sie als Kissen aus und deutet mir, zu ihm zu kommen.

»Du bist unmöglich.«

Trotzdem klettere ich nach hinten, Nash hüllt mich in seine Decke ein. »Nein, bin ich nicht. Ich bleibe bei dir, es war mein Fehler, dass wir jetzt so zerrissen sind, ich werde es wieder hinbekommen und wenn du das hier brauchst, dann bin ich dabei.« Ich habe meinen Kopf an seine Schulter gelegt und sehe hoch in seine Augen.

»Du bist trotzdem unmöglich.«

Nash lacht leise, seine Hand legt sich an meine Wange und er beugt sich zu mir, um mich zärtlich zu küssen. Das ist es, das fühlt sich gut und richtig an. Als er den Kuss beendet, will ich nicht, dass er aufhört. »Wieso fühlt sich das so richtig an?« Nash küsst meine Stirn. »Weil es das ist!« Mit diesen Worten zieht er mich enger an sich. Ich kuschle mich an ihn und vergesse für ein weiteres Mal mein Vorhaben, Nash Messina aus meinem Leben zu streichen.

Kapitel
21

Alea

'Das hättest du nicht tun dürfen.'

'Ich dachte, die Lösung wäre für uns alle das Beste.'

'Tatsächlich? Vielleicht solltest du dann einfach mal aufhören zu denken.'

'Komm schon, Alea, ich liebe dich und ich weiß, dass ich dir nicht egal bin. So können wir uns frei bewegen und hätten auch das Problem gelöst.'

'Das ist so typisch Mann, ich heirate nicht, um daraus Gewinn zu machen, ich heirate, weil ich einen Mann habe, der mich über alles liebt, der alles für mich tun würde, der ...' Ich muss daran denken, wie Natale mich hat gehen lassen, wie er aufgetaucht ist, um mich zu befreien, so gefährlich es auch für ihn war. Wie er wegen mir mit meiner Familie verhandelt hat. Er tut bereits alles was er kann für mich.

'Du weißt, dass ich dich liebe, ich habe es dir gezeigt, ich habe für dich Dinge getan, die ich für sonst niemanden getan habe. Auch wenn ich es nicht gesagt habe, dass ich dich liebe, aber sei doch … kannst du jetzt mal an dein Handy gehen, damit wir uns treffen können? Ich will dich sehen, vergiss die Hochzeit, ich will dich sehen, Sturkopf, komm schon.'

'Nein!'

Ich stecke mein Handy weg, so geht es seit gestern die ganze Zeit. Wir streiten uns. Natale versteht nicht, wieso ich wütend darauf reagiere, dass er unsere Hochzeit als Garantie für einen Frieden nimmt. Mal ganz abgesehen davon, dass ich noch nicht einmal davon angefangen habe, dass er eine Freundin hatte und wir nicht einmal eine Beziehung führen. Ich war gestern auf alles eingestellt, wirklich auf alles, aber nicht darauf. Nun weiß ich nicht, wie es weitergeht. Außer mich mit Natale zu streiten, habe ich noch nichts getan, was mich zu einer neuen Lösung bringen kann. Ich hoffe, dass mir die Zeit mit Elisa hilft, all das zu ordnen und mir etwas zu überlegen.

»Alea, wohin gehst du?«

Bevor ich aus der Haustür herauskann, stellt sich mein Vater mir in den Weg. Auch ihm bin ich seit gestern aus dem Weg gegangen. Einfach weil ich noch nicht weiß, was ich ihm sagen soll. Mir ist nicht entgangen, dass aufgehört wurde, alles hier einzupacken, damit das Haus verkauft werden kann, doch noch weiß ich dazu nichts zu sagen.

»Ich muss noch etwas erledigen, ich bin bald wieder zurück.« Ich bin ungeschminkt, trage nur eine Leggings und einen dicken Wollpullover, deswegen scheint er mir zu glauben, das ich nichts weiter geplant habe.

»Seit wann liebt Natale Messina dich?«

Das … was …?

»Was meinst du, seit wann liebt er mich? Nur weil er mich heiraten will, muss das nicht bedeuten …«

Mein Vater schüttelt leicht den Kopf. »Alea, ich bin ein verheirateter Mann. Ich kann erkennen, wenn dich jemand heiraten will, um mächtiger zu werden als Lorenzo, oder ob jemand wirklich etwas für dich empfindet. Ich sehe, wie Natale dich ansieht. Dass er es nicht zulässt, dass jemand zu laut oder zu grob mit dir spricht, wie er dich nicht aus den Augen lässt und auch, wie er dir vor uns allen hinterhergeht, wenn du wütend weggehst, das tut kein Mann, dem du egal bist.«

Mit dieser Aussage verblüfft er mich, ich kann das nicht länger abstreiten, mein Vater ist nicht dumm.

»Natale und ich sind uns nähergekommen, als er mich quasi das zweite Mal entführt hat. Am Anfang haben wir uns gehasst und er wollte, dass ich nicht von seiner Seite weiche, weil er mir nicht getraut hat und so hat er mich besser kennengelernt und ich ihn … Er hat mich gehen lassen, bei Matteos Beerdigung, statt euch weiter mit meiner Gefangenschaft zu quälen und er hat mir auch geholfen zu fliehen, bevor ich Lorenzo heiraten musste. Dann hat er mir geholfen, ein neues Leben zu beginnen, damit ich frei leben kann, auch wenn uns beiden das nicht leichtgefallen ist und jetzt bin ich zurück und weiß nicht genau, was weiter mit uns ist oder was passiert. Ich kann dir diese Frage nicht beantworten, doch das gestern war nicht richtig von ihm.«

Mein Vater nickt. »Das hast du ihn spüren lassen. Also wird er so oder so nichts gegen uns unternehmen, weil er dich ...« Ich hebe meinen Finger. »Nein, Papa, wir werden seine Gefühle für mich niemals gegen ihn verwenden, das lasse ich nicht zu.«

Nun lacht mein Vater auf.

»Also liebst du ihn auch? Auch du stellst dich vor ihn.« Ein verzweifelter Seufzer entgleitet mir. »Das ... ist nicht so einfach, war es noch nie und wird es nie sein. Ich muss los, lass uns später noch einmal darüber sprechen, dann weiß ich vielleicht auch, was wir jetzt tun.«

Wieder nickt mein Vater nur, doch er hat dieses wissende Grinsen im Gesicht.

Okay, ich muss hier raus.

Obwohl ich weiß, dass ich nicht mehr allein das Gelände verlassen soll, gehe ich schnell zu meinem silbernen Mercedes, steige ein und gebe Gas, nachdem ich die Heizung aufgedreht habe.

Ich fahre in Richtung des Cafés, in Richtung der Grenze nach Kalabrien und den Rebellen. Die Worte meines Vaters hallen in meinen Ohren wider und ich muss an die sehnsüchtigen Küsse denken, die Natale und ich ausgetauscht haben, als wir uns im Hotel nicht mehr zurückhalten konnten. Sein weicher Blick auf mir, der doch am Anfang so kalt und voller Hass war.

An einer Ampel nehme ich mein Handy an mich. Er hat mir nicht mehr geantwortet.

'Du fehlst mir'

In all dem Chaos ist das die einzige Wahrheit, derer ich mir vollkommen bewusst bin.

Ich stecke das Handy weg und gebe wieder Gas, um von der Schnellstraße abzufahren und auf die Landstraße zu kommen.

Durch den Schnee sind nicht viele unterwegs, auch ich fahre langsamer und bemerke auf einer fast leeren Landstraße verwundert, dass mir zwei Autos so schnell folgen, dass ich sicherheitshalber zur Seite fahre, um sie durchzulassen. Ich werde wegen eines bescheuerten Autorennens sicherlich kein Risiko eingehen und sie lieber vorbeilassen.

Sie rasen an mir vorbei, erst einer, der dann aber schlitternd hält, der andere ist schon vorher langsamer geworden. Ich will gerade nach meinem Handy greifen, da steigt Lorenzo aus einem der Wagen und klopft mit seiner Waffe gegen meine Scheibe.

»Mach auf, Alea. Wir beide haben einiges zu klären!«

Kapitel

22

»Also, ich kenne mindestens drei Frauen, die dich hier und jetzt ohne zu zögern heiraten würden.« Jakop schlägt mir beim Herausgehen aus dem Besprechungsraum lachend auf die Schulter.

Ein Seufzen kann ich mir nicht verkneifen, damit muss ich jetzt leben. Immerhin wären mit dieser Lösung alle zufrieden. Keiner hat etwas gegen diese Lösung. Sie mögen Alea. Sie mögen ihre Familie nicht, aber sie und sie wissen, dass ich mit dieser Hochzeit das Sagen und die Macht der Scaranos an mich ziehe. Ich werde sie nicht nutzen, nur dafür, um diese Zeit ein für alle Mal zu beenden und dafür zu sorgen, dass es so bleibt.

Würde ich zumindest. Mir war klar, dass es Alea nicht gefällt, doch dass sie mir vor allen fast die Augen auskratzt, zeigt mir mal wieder, dass ich meinen Sturkopf immer noch unterschätze.

Es ist nicht so, dass ich jemals heiraten wollte, ich habe niemals darüber nachgedacht bei meinem Leben. Doch als ich über eine Garantie nachgedacht habe, kam mir der Gedanke sofort. Sobald ich Alea wiedergesehen habe, wusste ich, dass ich sie dieses Mal nicht gehen lassen werde. Das letzte halbe Jahr habe ich vergeblich versucht, sie zu ersetzen, ich wusste, dass dieses Spiel vorbei ist, sobald sie wieder vor mir stand.

Ich liebe sie, ich will sie nicht wieder gehen lassen und damit war die Entscheidung nicht schwer. Trotzdem wusste ich bis zum Schluss nicht, ob ich es tun soll, doch als Alea vor mir stand, hatte ich keinen Zweifel. Es ist garantiert zu früh, nicht aus den richtigen Gründen, und doch spüre ich keinen Funken Zweifel daran.

Das hat mich noch sicherer werden lassen, dass das der richtige Weg ist, Alea bei mir zu haben und die Scaranos unter Kontrolle, nun muss nur Alea wieder mit mir sprechen.

»Also, es hätte ja klar sein müssen, dass wenn ich mal heirate, dann nicht irgendwen.« Nash kommt hinter mir aus dem Raum und knackst seinen Rücken. Er ist erst heute Morgen zurückgekommen, Elisa und er haben die Nacht im Auto geschlafen, mehr habe ich noch nicht erfahren, doch er wirkt ein wenig erleichtert.

»Lass ihn in Ruhe, wir alle wissen, dass Alea etwas Besonderes ist, mein Bruder muss kämpfen, ich glaube an ihn. Er wird sicher noch einiges einstecken, aber dann feiern wir eine Hochzeit.«

Mein kleiner Bruder zieht mich genauso auf, bis sein Handy klingelt. »Zumindest haben wir so eine ...« Jakop und ich laufen weiter, doch Nash, der mit jemandem am Handy spricht, hält mich am Arm zurück. »Das ist Elisa, sie fragt, ob du etwas von Alea weißt, sie wartet seit einer halben Stunde im Café auf sie. Sie geht nicht an ihr Handy und hat auch nicht abgesagt.«

In meinem Magen beginnt es sofort unruhig zu rumoren. Durch die Besprechung habe ich noch nicht auf mein Handy gesehen. Nun ziehe ich es heraus und sehe darauf. Vor ungefähr einer Stunde hat sie mir eine Nachricht geschrieben.

'Du fehlst mir'

Ich rufe sie an. Das Handy ist ausgestellt. Ich fluche leise auf, das passt nicht zu Alea.

Luca kommt aus dem Besprechungsraum gerannt. »Hey, seht euch die Nachrichten an! Auf unseren Präsidentschaftskandidaten wurde geschossen, er ist auf dem Weg ins Krankenhaus, keiner kann sagen, ob er noch lebt.

Verdammt, ich sehe zu meinem Bruder. »Fahr ins Krankenhaus.« Jakop neben mir greift zu seinem Handy. »Alle sollen sich bereitmachen und in Alarmbereitschaft sein.« Sofort wird es hektisch. Jakop ist schon am Handy und ich gehe zu Luca zurück in den Besprechungsraum. »Wir müssen die Verkehrskameras zwischen Aleas Haus und dem Café am Grenzposten durchsehen, die letzte Stunde, wir brauchen auch die Nummer von Marco, ich will sofort wissen, wo Alea ist!«

Kapitel 23

Alea

»Was denkst du eigentlich, was du hier machst?«

Lorenzo hat mich mit seiner Waffe aus meinem Wagen in seinen gezerrt. Ich war so überrumpelt, dass ich nicht dazu gekommen bin, etwas zu sagen. Als ich gemerkt habe, dass er mich in den Wagen schieben will, bin ich aus meiner Starre erwacht und habe um mich geschlagen und getreten. Dann erinnere ich mich nur an eine feste Hand und ein Tuch auf meinem Gesicht.

Als ich gerade wachgeworden bin, habe ich mich in dem stinkenden vollgerauchten Club von Lorenzo wiedergefunden. In einem Zimmer mit einem roten runden Bett, auf dem ich liege, einer Stange neben dem Bett und einem roten Samt-Sessel, in dem Lorenzo sitzt und mich ansieht.

»Ich tue das, was mir zusteht. Ich habe von deinen absurden Plänen mit den Rebellen gehört. Hast du mich nicht verstanden, Alea? DU BIST MIR VERSPROCHEN! Von deinem Bruder, ehre ihn und halte dich an seine Worte.« Ich setze mich auf, mein Kopf dröhnt, mir ist schummrig und doch sehe ich Lorenzo wütend an.

»Du bist genauso krank, wie er es war. Ihr habt gut zusammengepasst, aber das bedeutet nicht, dass ich mich daran halte. Das, was du hier tust, ist dein Todesurteil und das weißt du auch, ich ...«

Ich will aufstehen, doch schneller als ich den Satz beenden kann, ist Lorenzo bei mir und wirft mich auf das Bett zurück. »Wer soll mir etwas tun? Wie du es selbst bemerkt hast, sind die Scaranos am Ende, dein Vater steht mit einem Bein im Grab, alle anderen werden mir folgen, also tu uns beiden einen Gefallen und hör auf, dich zu wehren, du machst es uns beiden nur schwerer.«

Er hält mich auf das Bett gedrückt, normalerweise hätte ich ihn schon längst von mir geschoben, doch ich habe noch zu wenig Kraft. Seine Lippen streifen meinen Hals entlang, ich würge, sein Geruch, sein Gewicht, ich bekomme keine Luft mehr. »Meine wilde Alea, warte ab, ich zeige dir, wer dein zukünftiger Mann ist.« Er nimmt ein Messer und schneidet meine Leggings auf. Nein, nein ...

Meine Gedanken rasen. Lorenzo grinst auf mich hinab, während er seine Hose öffnet und seine Shorts herunterzieht. Mit seiner Hand streicht er über seine Erregung und sieht auf mich hinab.

»Du bist etwas ganz Besonderes, das wusste ich sofort und jetzt gehörst du mir, Alea. Vielleicht gefällt es mir sogar, dass ich dir das eintrichtern muss, du wirst es gleich spüren, Stoß um Stoß, ja, spreiz die Beine, komm her, ich öffne deinen Pullover, wieso …?«

Sobald er sich über mich beugt, hebe ich mit der ganzen Kraft, die ich aufbringen kann, mein Knie und Lorenzo jault auf.

»Du verdammte …« Seine Faust trifft mich mit voller Wucht ins Gesicht und ich habe wieder das Gefühl zu ersticken. Seine Hand umschließt meine Kehle und drückt zu. »Was denkst du, wen du hier vor dir hast?« Meine Hände umfassen seine, um sie von meinem Hals zu reißen, doch ich schaffe es nicht. Ich bekomme keine Luft.

Lorenzo lässt eine Hand los und schlägt mir erneut ins Gesicht, mit seinen Beinen drückt er meine Beine auseinander. »Ich zeige dir …«

»Lorenzo!« Jemand kommt in den Raum. »Was?« Lorenzo lässt meinen Hals los und ich röchle nach Atem. »Er scheint noch zu leben, verdammte Scheiße.« Lorenzo flucht auf. Noch einmal schnellt seine Hand auf meine Wange, dann lässt er ganz von mir, zieht sich wieder an und dreht mir den Rücken zu. »Wenn ich wiederkomme, bist du fällig, Alea! Kann keiner von euch alleine was hinbekommen? Wir fahren ins Krankenhaus. Das wird sofort beendet! Immer muss ich eingreifen, kann keiner von euch …?«

Die Tür schließt sich, ich rolle mich zusammen, ich habe es geschafft, ihn mir vom Hals zu halten, meine Wange brennt und ich spüre, wie mir schwarz vor Augen wird. Doch ich habe es geschafft.

Ich höre, wie die Tür abgeschlossen wird und spüre, wie ich wieder wegdrifte.

Ich habe es fürs Erste geschafft!

Kapitel
24

Natale

»Da ist sie!«

Ich deute auf ihren Wagen, der auf der Landstraße fährt. Luca und Apollo sitzen vorn und fahren, während ich mir mit Atilla die Aufnahmen ansehe, die mir aus der Zentrale zugespielt wurden. Wir sind schon auf dem Weg zu den Grenzen. Ich bin mir sicher, dass ich sie irgendwo zwischen Neapel und dem Café, in dem sie mit Elisa verabredet war, finden werde.

Immer wieder habe ich sie versucht zu erreichen, doch ihr Handy ist aus. Ich habe jetzt die Zentrale im Ohr, die sie endlich auf den Überwachungskameras des Gebietes gefunden hat. »Verfolgt ihren Weg bis wohin könnt ihr ...« Meine Frage bleibt mir im Hals stecken. Ich kann mit eigenen Augen sehen, was auch die Männer in der Zentrale sehen werden.

Zwei Wagen kommen angerast und stoppen Alea. Mein Fluch lässt Luca und Apollo nach hinten sehen, als ich Lorenzo auf dem Video erkenne, sehe, wie er aussteigt, eine Waffe zieht und Alea aus ihrem Auto zieht.

»Gib Gas, Luca!«

Es macht mich rasend, ich würde am liebsten den Monitor vor mir einschlagen, auch wenn mir bewusst ist, dass ich das nicht darf, dass es nichts ändert. Die Zeit auf dem Bildschirm verrät mir, dass das, was ich sehe, schon über eine Stunde her ist. Alea wehrt sich. Bevor Lorenzo sie ins Auto packen kann, beginnt sie, ihn zu treten und um sich zu schlagen. Mit einer Genugtuung, die gar nicht angebracht ist, weil ich ahne, dass es nichts bringt, sehe ich, wie Alea Lorenzo mitten ins Gesicht trifft.

Mein Herz, noch einmal wird mir bewusst, wie sehr ich diese Frau liebe. Lorenzo bekommt ein weißes Tuch gereicht, packt sie an den Haaren und einige Sekunden später klappt sie in seinen Armen zusammen. Natürlich ist ein Dreckskerl wie er gegen sich wehrende Frauen vorbereitet, das gehört zu seinem Berufsalltag.

Ich fluche auf. »Verfolgt die Autos, Luca, fahre in diese Richtung!« Meine Augen bleiben gebannt auf dem Bildschirm, gleichzeitig gebe ich Anweisungen und doch kann ich noch zu wenig tun. Ich habe das Gefühl, in mir zerplatzt innerlich etwas. Ich habe mich noch nie so machtlos gefühlt, obwohl ich doch auf dem Weg bin, ich versuche etwas zu tun.

»Kannst du das schneller laufen lassen?« Die Jungs in der Zentrale spulen schneller, sie können die Wagen eine Weile verfolgen, sie verlieren sie einen Moment, doch dann finden wir sie wieder. Sie bringen Alea in einen von Lorenzos Clubs, ich nenne Luca die Adresse und er rast los.

Gleichzeitig gebe ich weiter an Atilla und rufe Marco an. Ich habe vorhin schon mit ihm gesprochen, auch sie sind unterwegs, um Alea zu finden. Als ich ihm jetzt sage, wer sie hat und dass er nicht auf die Idee kommen soll, Lorenzo zu kontaktieren, höre ich, wie verwundert er ist. Die Scaranos waren sich trotz allem sicher, dass Lorenzo auf ihrer Seite stehen würde, sie hätten ihm nicht zugetraut, dass er sich an Alea vergreift.

Keiner von uns ist begeistert, überhaupt mit den anderen zu sprechen, doch wir machen uns alle Sorgen um Alea, alles andere kann man hinten anstellen. Niemals hätte ich das gedacht, doch in diesem Moment zählt für mich nur, dass wir Alea da herausholen. Ich nenne Marco die Adresse in der Hoffnung, dass sie schneller sind, doch wir sind mittlerweile genauso weit, sodass wir fast zur selben Zeit da sein müssten.

»Sie fahren wieder, doch ohne Alea, sie sind vor zehn Minuten losgefahren in Richtung Krankenhaus, wo der Präsidentschaftskandidat liegt.«

Ich lege mit Matteo auf und deute Luca, sich noch mehr zu beeilen, dabei rufe ich Nash an, der mit seinen Männern bereits beim Krankenhaus angekommen ist. »Lorenzo ist auf dem Weg, passt auf, und Nash … bring mir den Mistkerl!«

Mit diesen Worten lege ich auf. Niemandem vertraue ich mehr als meinem Bruder. Ungeduldig sehe ich nach vorn. Am liebsten würde ich das Steuer an mich reißen. Luca scheint das zu spüren.

»Beruhige dich, Natale, ich weiß, dass sie dir etwas bedeutet, aber es bringt niemandem etwas, wenn wir gegen einen Baum fahren, da vorne ist der Club, lass uns ...« Luca rast hin und hält schlitternd, im selben Moment halten zwei weitere Wagen der Scaranos. Marco und ich springen fast zeitgleich mit gezogener Waffe aus den Autos.

Das erste Mal achte ich nicht auf die Männer, die immer zu meinen größten Feinden gehört haben. Ich vergesse meinen Instinkt, meine Waffe auf sie zu richten, der Instinkt, Alea da herauszuholen, ist stärker. Somit renne ich mit ihnen zusammen zum Eingang, wo ein breiter massiger Mann steht und verwirrt von einem zum anderen sieht. Er will gerade nach seinem Handy und seiner Waffe greifen, da schieße ich ihm in den Arm, sodass er gar nicht erst auf dumme Gedanken kommen kann.

»Wo ist sie?« Marco hält ihm die Waffe an den Kopf, sobald wir bei dem Mann sind. »Wer?« Der Mann hält sich den Arm.

»Meine Tochter, wo ist sie? Du hast drei Sekunden ...« Erst jetzt sehe ich, dass auch Aleas Vater bei uns ist. Er kommt hinter uns an und hält sich die Brust, in seinem Blick erkenne ich Hass und Sorge. Auch der Mann wird das sehen, er zieht sich zurück und deutet in den Club. »Lorenzo hat sie in den roten Saal gebracht, keiner darf dort rein. Die Treppe runter und dann ...«

Wir achten nicht mehr auf ihn. Im Club ist kaum etwas los. Es ist noch zu früh. Die paar Frauen und Männer, die hier sind, sehen entweder erschrocken auf oder reagieren gar nicht, weil sie viel zu vollgedröhnt sind. Alle weichen zurück, während Marco und ich voranstürmen.

Marco und ich rennen vor, die Treppen hinunter. Ich höre, dass sich hinter uns etwas tut, doch achte nicht darauf, da ich weiß, dass sich die anderen darum kümmern werden.

Hier gibt es einige Türen, doch ich gehe zu der einzigen roten. Sie ist abgeschlossen. Mit voller Wucht trete ich dagegen, zweimal, auch Marco tritt zu und bei meinem dritten Tritt bricht die Tür krachend ein.

»Verdammt!«

Marco flucht auf.

Wir beide sehen auf ein rundes rotes Bett, auf dem Alea bewusstlos liegt. Mein Atem stockt, als ich auf ihre aufgeschnittene Leggings blicke, die Wunden in ihrem Gesicht, die ich sogar bis hier sehen kann und den hochgezogenen Pullover.

»Raus hier, alle!«

Meine Stimme schallt bellend durch den Raum. Mein Blick bleibt auf Alea gerichtet, ich spüre, wie einige den Raum verlassen, doch jemand bleibt neben mir.

»Alea.«

Meine Stimme ist ein raues Kratzen, ich berühre ihre Stirn, greife nach einer Decke, die neben ihr liegt und wickle sie um sie, dabei streifen meine Augen die Haut, meine Hände streichen ihre langen Haare zur Seite und ich küsse ihre Stirn. »Wir haben dich gefunden, hörst du?« Er hat sie geschlagen und das nicht zu wenig.

Neben Alea liegt ein Messer auf dem Bett, das im selben Moment, in dem ich es entdecke, weggeschoben wird. Eine Hand greift nach ihrem Arm. »Sie ist nur bewusstlos, wir müssen sie ins Krankenhaus bringen, dafür wird Lorenzo büßen.« Aleas Vater sieht besorgt auf seine Tochter.

Sachte, um ihr nicht noch mehr wehzutun, hebe ich sie auf meine Arme, ich küsse ihre weichen Wangen und drücke sie an mich. Dann sehe ich das erste Mal, dass nur noch Aleas Vater und ich im Raum sind.

Mein größter Feind, Ozias Scarano. Was hätte ich nicht dafür getan, mich an ihm zu rächen, so eine Chance zu haben, ihn alleine vor mir, um mich für alles rächen zu können, was er und seine Familie getan hat und doch sehen wir uns nur einen Moment in die Augen.

Das hier fühlt sich falsch an, trotzdem nicke ich und wir beide sehen zu Alea, bevor wir zusammen das Zimmer verlassen.

Kapitel

25

Elisa

»Sehen Sie die Übergänge, es ist fantastisch, einfach nur ...«

Ein Ellbogen trifft mich sachte in der Seite. »Hörst du überhaupt zu?« Ich sehe zu meiner Sitznachbarin und nicke. Eigentlich nicht, in Wirklichkeit bin ich heute nicht ganz bei mir, was heißt heute ... Ich lächle und versuche, mich wieder auf den Professor zu konzentrieren.

Mittlerweile fallen mir diese täglichen kleinen Lügen viel zu leicht, es gehört zu meinem Leben dazu, ich wiederhole sie so oft, dass ich sie selbst glaube und nicht mehr darüber nachdenke, wie es mir in Wirklichkeit geht, wie ich mich fühle. »Gut, danke, bestens, ich bin da, ich höre zu ...«

Es ist das eine, das jeden Tag aufs Neue zu sagen und das andere, es sich selbst einzureden.

Ich habe ewig nicht mehr so gut geschlafen wie mit Nash im Auto. So unbequem es war, wie sehr mein Rücken danach geschmerzt hat, trotzdem habe ich es genossen.

Im Grunde weiß ich, dass es so nicht weitergeht, ich kann dieses neue Leben hier an der Uni nicht genießen, nicht wie ich es sollte. So sehr ich es mir zurückgewünscht habe, als Matteo mich zur Hochzeit gezwungen hat, umso mehr schockiert es mich jetzt, dass ich es nicht so genießen kann, wie ich es sollte.

Nash hat sich nicht mehr gemeldet. Ich habe ihn gestern angerufen und gesagt, dass Alea nicht aufgetaucht ist. Danach hat er sich nicht mehr gemeldet. Ich weiß noch nicht, was passiert ist, auch das lässt mich unruhig aus dem Fenster blicken. Es ist naiv zu glauben, dass mich dieser Einschnitt in meinem Leben irgendwann nicht mehr beeinflusst. Ich verfluche diese Zeit und hänge genauso an ihr. Das werde ich niemals einfach abstreifen können.

Erneut sehe ich auf mein Handy. Nash hat meine Nachrichten noch nicht gelesen. Der Professor beendet den Kurs und ich schiebe meine Unterlagen zusammen. Wenigstens habe ich jetzt erst einmal frei, ich werde gleich versuchen …

Auf dem Flur kommt mir meine Wohnheimnachbarin entgegen. »Hey, Elisa, vor der Uni wartet ein heißer Mann auf dich. Ich habe ihm gesagt, dass du gleich Schluss haben musst.« Meine schlechte Laune ist augenblicklich weggefegt. Statt mir zu antworten ist er gekommen. Ich will wissen, was passiert ist, wieso er sich nicht mehr gemeldet hat und …

Mit schnellen Schritten eile ich aus der Uni und renne dabei fast in Apollo hinein. »Hey du Wirbelwind.« Verwirrt sehe ich meinem Bruder in die Augen, der mich in den Arm nimmt. »Du? Ich dachte … was suchst du hier?« Apollo lacht auf und küsst meine Wange. »Es ist auch schön, dich zu sehen, Schwesterherz, offenbar hast du jemand anderen erwartet.« Er sieht mir in die Augen und ein wissenden Lächeln setzt sich auf seine Lippen.

»Ich verstehe. Wir waren noch lange im Einsatz und statt zurück bin ich hergekommen, weil noch immer drei Pakete im Postzentrum warten, dann dachte ich, ich überrasche gleich mal meine Schwester. Ich wusste nicht, dass du jemand anderen erwartest …«

»Tue ich nicht, nein, ich dachte nur … es ist alles gut.« Ich lächle ihn an und doch trifft mich die Enttäuschung, dass nicht Nash hier steht. Es trifft mich mit solch einer Wucht, dass ich mit einer nur noch stärkeren Gewissheit weiß, dass es so nicht weitergeht.

»Okay, dann sag mir … was kann ich meiner Schwester Gutes tun?«

Ich stecke meine Unterlagen in meine Unitasche und hake mich bei meinem Bruder ein. »Da könntest du tatsächlich etwas machen.«

Etwas mehr als eine Stunde später fahren wir auf dem Hof der Rebellen ein.

Apollo hat mir erzählt, was mit Alea passiert ist, dass sie aber noch nicht viel mehr über ihren Zustand wissen. Natale und Luca sind bei ihr im Krankenhaus geblieben, sie warten darauf, dass sie wach wird.

Der Präsidentschaftskandidat hat überlebt, er wird Zeit brauchen, um wieder richtig gehen zu können, doch er wird es schaffen. Lorenzos Plan ist nicht aufgegangen. Auch dass Lorenzo und seine Männer zum Krankenhaus gefahren sind und dort Nash und die anderen gewartet haben. Sie konnten drei Männer von Lorenzo schnappen, einer hat überlebt und wird nun verhört. Lorenzo selbst ist die Flucht gelungen, doch Apollo ist sich sicher, dass sie ihn bald schnappen werden.

Wir haben auch über unseren Vater gesprochen. Apollo möchte mit ihm noch einmal zu unserem alten Grundstück fahren, sie beide denken, dass sie das brauchen, um ganz abschließen zu können und ich sage sofort zu, dass ich dabei bin.

Bevor Apollo zu den Garagen fährt, lässt er mich raus. »Soll ich Bescheid geben?« Ich werfe meinem Bruder einen Luftkuss zu. »Nein, nein, ich mache das schon.« Ich schließe die Tür und gehe zum Haupteingang, der sich genau in diesem Moment öffnet. Zwei Kämpfer kommen heraus, sehen mich verwundert an und fragen nach Apollo. Ich sage ihnen, dass er in der Garage ist und sie gehen zu ihm, während ich durch den Eingangsbereich zu den Treppen gehe.

Alles zieht mich dahin, in den Speisesaal zu gehen, in die Küche, nach meinem Vater zu suchen, doch erst einmal bin ich froh, niemanden zu treffen und ungesehen nach oben zu kommen. Ich höre Stimmen aus dem geschlossenen Besprechungsraum und will schon klopfen, überlege es mir aber anders und gehe zu Nashs Tür, klopfe und trete dann ein. Die Tür ist offen, Nash kommt gerade aus dem Schlafzimmer und zieht sich ein schwarzes Shirt an.

Verwundert sieht er mich an. An seinen noch feuchten Haaren erkenne ich, dass er duschen war.

Seine dunklen Augen streifen über mich und mein Herzschlag bestätigt, dass es richtig ist, dass ich hier bin.

»Was … wie bist du …?«

Ich hebe die Hand und gehe zu Nash.

»Hör zu. Höre mir richtig zu, Nash. Es ist wichtig! Das hier ist das letzte Mal in meinem Leben, dass ich so auf dich zukommen werde. Beim letzten Mal war ich bereit und sicher, mit dir zusammen zu sein und dieses Leben zu führen und du wolltest es nicht mehr. Jetzt willst du es wieder und ich kann mich nicht mehr selbst belügen und so tun, als würde ich es nicht auch noch wollen.«

Nash kommt zu mir und will meine Hand in seine nehmen. »Nicht ich wollte nicht mehr, Elisa, ich wollte dich immer, doch …« Ich entziehe mich ihm, er muss das richtig begreifen.

»Hör mir weiter zu, Nash. Ich liebe dich, das habe ich die ganze Zeit getan und ich bin müde davon, gegen meine Gefühle zu kämpfen. So zu tun, als wolle ich dich nicht mehr in meinem Leben, dich von mir zu weisen, war anstrengender als es mir selbst immer wieder einzureden. Ich wollte die ganze Zeit nichts anderes als bei dir sein, das damals war nicht meine Entscheidung.«

Nash sieht mir in die Augen. Sein Blick ist dunkel und unsicher, er weiß noch nicht, worauf all das hinausläuft. Ich sehe schon, dass er etwas sagen will, doch es ist wichtig, dass dieses Mal er zuhört.

»Wenn ich nicht völlig daran zerbrechen will, muss ich es noch einmal wagen. Jetzt wieder hier zu stehen und wie vor einem halben Jahr zu sagen, dass ich das hier will. Dass ich das vom ganzen Herzen will, ich kann nicht länger dagegen ankämpfen. Doch es wird das letzte Mal sein, Nash. Ich werde nie wieder auf dich ...«

Schneller als ich reagieren kann ist Nash bei mir, er lacht erleichtert auf und hebt mich in seine Arme.

»Ich schwöre dir, dass du nie wieder diesen Schritt gehen musst. Es tut mir leid, Engel, ich meine es ernst. Ich hätte dich niemals von mir stoßen sollen. Wir finden eine Lösung für alles. Für dein Leben an meiner Seite. Ich weiß, dass es dir nicht leichtfällt, doch vertrau mir, ich werde uns nie wieder aufgeben.«

Seine Lippen küssen meine Wange, während er mich fest an sich drückt.

Auch wenn ich leise lachen muss, weil ich spüre, wie auch ihm tausend Steine vom Herzen fallen, sehe ich ihn mahnend an. »Ich meine das absolut ernst, Nash, ich kann das meinem Herzen nicht länger antun und doch werde ich dieses Mal meinen Verstand nicht ausschalten. Wir gehen es langsam an, wie ganz normale Menschen, die zusammen sind und sehen, worauf das hinausläuft, aber du darfst mich nicht mehr von dir stoßen. Auch wenn du denkst, du tust das, weil du mich liebst, egal wie schlimm die Situation hier ist. Genau wie jetzt, dass du dich nicht meldest, das alles wird so nicht mehr gehen. Entweder gehöre ich ganz zu deinem Leben oder nicht, du kannst da keine halben Sachen mehr machen, das wird nicht funktionieren. Wenn das zwischen uns funktionieren soll, müssen wir beide etwas dafür tun. Entweder ich gehöre immer an deine Seite oder gar nicht.«

Nashs Duft umhüllt mich und ich schließe die Augen, ich weiß schon jetzt, dass das hier die richtige Entscheidung ist. Ich will mein Herz schützen und verletzte es dabei selbst immer wieder, ich muss dieses Risiko eingehen. Es fühlt sich viel zu richtig und zu gut an, wieder in seinen Armen zu sein. Entweder ich werde die bitterste oder die süßeste Lektion meines Lebens bekommen, dieses Risiko aber nicht einzugehen, hätte mir den Verstand geraubt. Was ist, wenn es einfach klappt und all meine Gedanken vorher völlig umsonst waren?

Nash lässt mich so weit aus seinen Armen, dass ich ihm in die Augen sehen kann. Ich erkenne noch immer die Erleichterung, die ich verspüre und erwidere sein Lächeln erneut. »Ich werde nie wieder so einen dummen Fehler machen. Ich habe daraus gelernt. Wenn sich zwei Menschen so lieben, wie wir es tun, werden sie immer einen Weg finden, damit es funktioniert, ganz egal wie schwer es wird. Ich liebe dich und du hast mir gefehlt. Du kannst hier einziehen und ...«

Ich stoppe Nash lachend, als er auf seinen Wohnbereich deutet. »Stop, Stop, langsam. Wir überstürzen nichts. Ich lebe mein Leben weiter, nur dass du nun an meiner Seite bist. Ich gehe weiter zur Uni, aber bin natürlich auch immer wieder hier, wir haben Dates und ...« Nash hat mich schon längst wieder an sich gezogen und ich lache laut auf. »Von mir aus, es ist mir egal, wo wir sind, bei dir am Campus, hier, im Auto, das wird nichts ändern ...«

Seine Lippen halten kurz vor meinen ein.

»Nichts wird das hier zwischen uns mehr ändern.« Meine Stimme wird leiser, weil auch ich nichts anderes mehr will, als ihn endlich ganz zu spüren.

»Nichts mehr! Ich liebe dich, komm her.« Seine Lippen erobern meine. Ich schmiege mich ihm entgegen und endlich füllt sich mein Herz und mein Inneres wieder mit vollkommener Zufriedenheit und Liebe und der kalte Klumpen, der viel zu lange dort gelegen hat, weicht. Auch wenn ich meine Vorbehalte und Zweifel so schnell nicht ganz vergessen kann, weiß ich, dass es die einzig richtige Entscheidung ist, uns beiden noch eine Chance zu geben.

Kapitel 26

Alea

Das nächste Mal, als ich wieder ganz zu mir komme, ist es im Krankenhauszimmer dunkel. Ich war schon einmal kurz wach. Als Natale mich ins Krankenhaus gebracht hat, bin ich in seinen Armen wachgeworden. Ich habe ihm gesagt, was passiert ist, dass Lorenzo es nicht geschafft hat, mich anzufassen.

Natale war da, er ist gekommen, um mich da herauszuholen und das nicht zum ersten Mal. Mehr brauchte ich nicht, um mich sicher zu fühlen, ich habe mich an ihn gelehnt, seine Lippen auf meiner Wange gespürt und bin wieder weggedriftet. Er hat mir noch gesagt, dass auch mein Vater da ist, doch ich konnte nicht wach bleiben. Mein Kopf hat sich angefühlt, als wäre mit einem Hammer darauf eingeschlagen worden.

Jetzt werde ich langsam richtig wach. Ich höre Natale mit jemandem sprechen.

»Okay, gut.«

»Ich verstehe, was sagen die Ärzte?«

»Wechselt die Wachen regelmäßig, ich weiß noch nicht, wann ich zurück bin ... Brauchst du nicht, es ist merkwürdig, doch es gibt Schlimmeres. Luca will nicht vor der Tür weggehen, er traut hier auch keinem ...« Ein vertrautes Lachen entfährt ihm. Noch immer öffne ich die Augen nicht, ich schaffe es nicht, doch Natales raue Stimme umhüllt mich, ich weiß instinktiv, dass ich sicher bin, dass er für mich da ist und nicht zulassen wird, dass es mir schlecht geht oder mir etwas passiert.

Natale verabschiedet sich, er scheint mit jemandem am Handy gesprochen zu haben. Gerade will ich mich zwingen, die Augen zu öffnen, da höre ich ihn wieder. »Der Präsidentschaftskandidat lebt, er musste zweimal operiert werden, doch wer immer das geplant hat, es hat nicht funktioniert.«

Mit wem ...? »Auch wenn das unsere Handschrift trägt und wir ansonsten sicherlich dafür verantwortlich wären, haben wir uns wegen Alea zurückgehalten.« Mein Vater ist auch im Raum, meine Güte, die beiden werden sich zerfleischt haben. Mit pochendem Herzen bleibe ich weiter ruhig liegen.

»Nur wegen Alea? Heißt das, von alleine würdet ihr nie zur Vernunft kommen? Was habt ihr euch vorgestellt, wie es für euch weitergeht? Es sind nur noch eine Handvoll Männer an eurer Seite, Lorenzo hat nun mehr Macht als jemals zuvor und treibt sein Unwesen. Er hat euch innerhalb weniger Tage abgelöst und nicht einmal gezögert, sich an Alea zu vergehen.«

Ich höre das leise Auflachen meines Vaters. »Weißt du, Natale, lass dir eins gesagt sein: Man entscheidet sich nicht dafür, ein Scarano zu sein, wir wurden dazu geboren, ich bin da reingeboren wie alle anderen. Ich weiß, was deiner Familie angetan wurde, doch auch nicht alles, was damals passiert ist, ist den Scaranos zuzuschreiben. Es wird schnell gesagt, dass wir es waren, auch wenn wir nicht immer unsere Hände mit drin hatten. Das soll nichts entschuldigen, wir sind, wer wir sind. Du und deine Männer haben Matteo getötet und doch sitze ich jetzt hier mit dir, weil ich dich und deine Leute dafür hasse, doch ich sehe auch, was Alea dir bedeutet und dass du sie liebst und das respektiere ich. Genau deswegen kannst auch du jetzt bei mir sitzen. Wir beide wissen, dass es um sie geht, alles andere ist nebensächlich. Sie möchte, dass ich mich zurückziehe und auch meine Frau möchte das. Meine Zeit ist vorbei, es gibt niemanden, dem ich die Scaranos in die Hände geben will, doch diese Macht darf nur in der Familie bleiben. Alea will dieses Leben nicht und auch das respektiere ich. Ich habe sie schon viel zu oft fast verloren. Die Zeit der Scaranos ist vorbei, das wusste ich auch schon vorher. Alles was ich jetzt noch tun kann ist es, zuzusehen, dass Alea in guten Händen und sicher ist.«

Es raschelt, als würde sich jemand bewegen. »Ich kann dir nichts versprechen, was euch betrifft. Wenn du dich mit deiner Frau zurückziehst und die Scaranos sich auflösen, lassen wir euch ziehen. Keinem von uns wird es weiterhelfen, wenn wir an einem alten Mann Rache nehmen, doch meine Leute wollen eine Garantie, eine Garantie, dass es nie wieder eine Aktion der Scaranos geben wird und das können wir nur bekommen, wenn Alea und ich heiraten. Denk nicht, ich will die Macht der Scaranos, das würde ich nie wollen, ich will nur dafür sorgen, dass diese Macht nie wieder aufglimmt.«

Vielleicht sollte ich langsam zeigen, dass ich wach bin, sie hören sich immer wütender an. »Du hast Alea gehen lassen, obwohl du dich an uns durch sie hättest rächen können. Das hätten wir niemals getan. Keiner meiner Söhne. Ich nicht für irgendeine Frau, deswegen weiß ich, dass Alea dir mehr bedeutet. Du hast ihr geholfen zu fliehen und dabei dein eigenes Leben für sie riskiert und das nicht nur einmal. Auch gestern hast du das getan, ohne zu zögern. Und auch Alea hat mir bewiesen, dass sie dich liebt, ich wüsste nicht, was euch davon abhalten sollte zu heiraten.«

Nun lacht Natale leise auf. »Sie will nicht und wie du es richtig erkannt hast, liebe ich sie. Ich werde sie niemals zu etwas zwingen.« Mein Vater unterbricht ihn. »Aber wirst du sie gehen lassen? Wirst du sie aufgeben …?« Natale räuspert sich. »Nein, ich werde weiter an ihrer Seite bleiben, dafür muss sie mich nicht heiraten. Ich habe sie gehen lassen, damit sie woanders ein neues Leben anfangen kann, doch das hat mich … das werde ich nicht mehr tun. Natürlich muss sie selbst entscheiden, was passiert …« Jemand steht auf. »Das wird sie, ich kenne meine Tochter. Sie wird sich gut entscheiden. Ich werde langsam mal nach meiner Frau sehen …«

Ich höre die vertrauten Schritte meines Vaters. Meine Mutter ist auch hier? Vielleicht hat sie sich in einem anderen Zimmer hingelegt. Als die Tür zugeht, öffne ich die Augen und versuche, mich aufzusetzen.

»Da bist du ja wieder.« Sofort ist Natale bei mir. Er hilft mir, ein Kissen hinter meinen Rücken zu schieben, sodass ich aufrecht sitze und ihn ansehen kann.

Natale setzt sich zu mir ans Bett und nimmt meine Hand in seine. Er sieht müde aus, mit der freien Hand streiche ich über meinen Kopf, ich spüre dort einen Verband, dann hebe ich die Hand und streiche über die dunklen Ringe unter Natales Augen.

»Ich bin schon eine Weile wach, ich habe meinem Vater und dir zugehört.«

Natale lächelt und küsst meine Finger. »Natürlich hast du das, Sturkopf.« Sein Blick gleitet über mein Gesicht und er wird ernster. »Es tut mir leid, dass ich nicht schneller eingreifen konnte. Für jeden Kratzer wird Lorenzo büßen. Die Ärzte sagen, du hattest Glück, du hast ein paar Prellungen und eine Gehirnerschütterung, doch du kannst morgen wieder raus.«

Ich sehe ihm weiter in die Augen. »Kann ich dann zu dir kommen?« Natale lächelt. »Ich hatte nicht vor, dich aus den Augen zu lassen.«

Einen Moment muss ich daran denken, was für eine Angst ich hatte, als ich Natale das erste Mal in die Augen gesehen habe. Davon ist nichts mehr geblieben, ich liebe diesen Mann, ich vertraue ihm und ich weiß, dass er sein Leben für meines riskiert hat und es wieder tun wird.

Einen winzigen Moment sagt keiner etwas, wir sehen uns an, bis eine Träne mein Auge verlässt und Natale sie sachte von meiner Wange streicht.

»Du fehlst mir, du hast mir jeden Tag gefehlt in Puerto Rico, doch es ist alles so kompliziert gewesen und jetzt machst du mir auch noch einen Heiratsantrag.« Natale verschränkt unsere Finger miteinander. »Das tut mir leid, ich wollte nicht ...« Ich unterbreche ihn. »Nein, nein, das ... soll dir nicht leidtun. Ich liebe dich und ich weiß, dass du mich auch liebst, es wäre mir eine Ehre, deine Frau zu sein, doch es ist so schnell und so plötzlich und ...«

Natale legt den Kopf schief. »Das sagst du jetzt nur, weil du eine Gehirnerschütterung hast, beim letzten Mal hast du mich fast getötet.« Ich muss lachen. »Nein, also ja, habe ich aber nur, weil ich überrumpelt war und es nicht ... es sollte nicht deswegen sein, nicht nur, und doch hast du recht. Wieso sollten wir damit nicht auch gleich für Frieden sorgen? Ich kann mir nicht vorstellen, einen anderen Mann so sehr zu wollen wie dich.«

Ein sanftes Lächeln umspielt Natales Mund, er beugt sich zu mir und küsst meine Lippen. »Ich möchte auch keine andere Frau an meiner Seite, du hast vom ersten Moment an meine Gedanken beherrscht und das hat sich auch nicht geändert und ich bezweifle, dass es das jemals wird.«

Ich lege meine Arme um seine Schulter und küsse seine Lippen.

»Lass uns etwas anderes tun. Ich liebe dich, Alea, ich kann mir nichts Schöneres vorstellen, als dass du meine Frau wirst.

Ich weiß, das erste Mal und auch das hier ist nicht perfekt, kein Antrag wie du ihn verdient hast, doch das hole ich nach. Ich möchte, dass du weißt, dass ich es ernst meine. Ich würde dich nicht fragen, wenn ich es nicht vom ganzem Herzen wollen würde. Ich würde dich niemals heiraten, nur um die Scaranos unter Kontrolle zu bekommen. Ich will dich heiraten, weil ich dich liebe, alles andere passt auch, doch das ist der wichtigste Grund. So oder so werde ich an deiner Seite bleiben, wenn du mich lässt, egal was wir tun werden. Die Entscheidung liegt bei dir. Was hältst du davon, wenn wir uns einfach verloben und dann gucken wir weiter und lassen uns Zeit? Keiner zwingt uns, sofort zu heiraten. Lass uns in Ruhe sehen, was passiert.«

Meine Arme sind noch immer um seinen Hals. »Das hört sich gut an. Sieh uns beide an, wer hätte damals, als du mir das Messer an den Hals gehalten hast, gedacht, dass wir heute hier sitzen.« Natale lacht auf. »Ich habe mir so etwas schon ziemlich schnell gedacht.« Natale küsst mich, draußen wird es lauter und ich sehe mich im Raum um. »Ich will nicht hierbleiben. Denkst du, mein Verlobter schafft es, mich hier rauszubringen und mit zu sich nach Hause zu nehmen?« Natale nickt und zieht mich ganz in seine Arme. »Du wirst dich wundern, was dein Verlobter noch alles für dich tun wird.«

Ich muss lachen, als er mich auf seine Arme hebt und mit mir aufsteht. Ich lege meinen Kopf an Natales Brust, spüre seine Lippen auf meiner Stirn.

Auch wenn das nie so geplant war, fühlt es sich perfekt und richtig an.

Kapitel
27

Elisa

»Das kannst du nicht machen, es ist noch viel zu viel zu tun. Maria dreht durch. Wir wollten auch noch eine Überraschung zur Verlobung von Natale und Alea vorbereiten.«

Morgen ist Weihnachten, heute ist die heilige Nacht. Wir feiern unser erstes Weihnachten alle zusammen bei den Rebellen, obwohl es so gar nicht mehr heißen soll. Die Wahlen wurden vorgezogen. Italien hat einen neuen Präsidenten und seine erste Amtshandlung, was er getan hat, war es, überall im Land für neue Richter und Behörden zu sorgen und die Rebellen als verdeckte Spezialeinheit zu rekrutieren.

Somit ermitteln sie nicht mehr versteckt und im Geheimen, auch wenn sie das Anwesen noch gut bewacht und geschützt halten. All das läuft erst seit einigen Tagen, doch es läuft und es hat sich viel in den letzten Wochen getan. Aleas Eltern sind umgezogen, mit ihnen nur zwei andere Männer. Alea wird am zweiten Weihnachtstag zu ihnen fahren. Die Scaranos gibt es so nicht mehr und auch keine Grenzen, gerade gilt ganz Italien als Mafia-frei, wobei allen bewusst ist, dass es nicht so ist. Lorenzo herrscht noch immer mit einer kalten Brutalität und hat Gefallen an dem Katz- und Mausspiel gefunden. Aber auch mit anderen Dingen hat die Spezialeinheit gut zu tun. Nun müssen sie auch andere Geheimdienste und Gefahren aus dem Ausland im Auge behalten. Es ist eher mehr zu tun als vorher, doch trotzdem hat sich das Leben im Anwesen kaum geändert und ich liebe es.

Unter der Woche bin ich meistens an der Uni, hin und wieder schläft Nash bei mir, doch jeden Freitag holt er mich ab und ich bleibe bis Sonntagabend bei ihm und meiner Familie. Ich liebe es, ich liebe die Zeit mit ihm, mit Alea, die ganz zu Natale gezogen ist und als seine Verlobte auch vollkommen von allen akzeptiert wird. Zusammen mit Viola und Shayla haben wir viel Spaß, genauso wie es gerade ist, ist es ein Traum.

Heute früh ist Natale mit Alea weggefahren, wir alle wissen, dass er ihr noch einen Antrag machen will, einen richtigen, romantischen, an der Stelle, wo er sie damals hat gehen lassen, aus Liebe. Nun will er sie bitten, nie wieder zu gehen. Ich bin mir sicher, dass sie ein weiteres Mal ja sagen wird. Die beiden sind genauso glücklich wie Nash und ich. Nash sagt, dass er dankbar ist, seinen Bruder so glücklich zu sehen.

Alea studiert von dem Anwesen aus, sie will bald wieder für einige Wochen nach Puerto Rico, um etwas für ihr Studium zu tun und ich überlege, sie zu begleiten. Die beiden Messina-Brüder sind noch nicht begeistert, doch sie haben sich auch damit abgefunden, dass sie uns niemals daran hindern können, unsere freien Leben zu führen und das wollen sie auch gar nicht.

Wir alle haben unseren Platz gefunden, ich würde behaupten, dass ich noch niemals so glücklich wie jetzt war. Deswegen freue ich mich nach all dem Stress auf ein wunderschönes Weihnachtsfest und will bei den Vorbereitungen helfen, doch Nash hat mich einfach geschnappt, nachdem er mit dem Meeting fertig war und hat mich ins Auto gesetzt.

»Lass dich doch einfach überraschen, gestern Abend hast du es doch auch geschafft.« Nash sitzt entspannt am Steuer, wie schon die letzte Stunde und gibt nichts preis. Er hat eine Hand am Lenkrad mit der anderen greift er nach meiner Hand und küsst meinen Handrücken. Auch wenn wir beide uns so nah sind, wie ich es noch bei keinem anderen Mann vor ihm war, probieren wir immer wieder neue Dinge aus, steigern unser Vertrauen weiter, und gestern Nacht war … der Wahnsinn. Allein beim Gedanken daran beginnen meine Wangen zu brennen und Nash lacht auf.

»Außerdem sind wir schon da, hast du gar nicht gemerkt, wo wir hinfahren?«

Ich war die ganze Zeit so sehr damit beschäftigt, zu versuchen ihn auszuquetschen, dass ich gar nicht gemerkt habe, dass wir zum Haus seiner Eltern gefahren sind. Ein Motorrad steht davor, also sind Alea und Natale auch hier. Drinnen brennt schon Licht. »Was habt ihr beiden Verrückten wieder vor?« Nash hebt nur vielversprechend die Augenbrauen und wir steigen aus.

Alea öffnet die Tür, bevor wir sie öffnen können und hält uns ihre Hand mit einem wunderschönen Diamantring geschmückt hoch. »Ich habe noch einmal ja gesagt.« Nash lacht und küsst ihre Wange. »Alea, meinen allergrößten Respekt. Ich hätte nicht damit gerechnet, dass mein Bruder einmal eine Frau fragen wird, ob sie ihn heiratet, dich hat er jetzt bereits dreimal gefragt.« Wir müssen alle lachen, ich sehe mir den Ring an und begrüße Alea ebenfalls, bevor ich mich im Haus umsehe. Nash und ich waren noch einmal für ein Wochenende hier.

Jetzt steht ein geschmückter Tannenbaum vor einem gemütlichen Feuer im Kamin. Der Tisch ist bereits eingedeckt, ich sehe Kartons aus einem der teuersten Restaurants der Gegend und es duftet im ganzen Haus nach Braten, Plätzchen und Orangen.

»Da seid ihr ja endlich … sieh mal, was für Wein wir besorgt haben …« Natale kommt aus der Küche, gibt mir einen Kuss und scheucht uns zum Essenstisch. »Da werden die anderen ja …« Natale unterbricht seine Verlobte. »Na na, ihr kennt die Regeln, hier im Haus gibt es die Welt da draußen nicht, hier sind wir wieder die alten frechen Jungs, die mit den Frauen, die sie lieben, im Haus ihrer Eltern Weihnachten feiern wollen. Also setzt euch, ich habe genau das Menü besorgt, was auch unsere Mutter früher immer gekocht hat.«

Nash kommt mit zwei weiteren Schüsseln aus der Küche und stimmt seinem Bruder zu. »Wir haben beschlossen, dass auch wenn wir uns auf die Feier morgen freuen, wir auch anfangen müssen als kleinere Familie, als Messinas, beginnen müssen, wieder eigene Traditionen zu starten und damit wollen wir heute beginnen.«

Wir setzen uns alle. Alea und ich tauschen einen Blick aus. Wir wissen, dass wir mit den beiden die perfekten Männer gefunden haben, in so vieler Hinsicht. Niemals hätten wir das gedacht, doch jetzt wird uns das jeden Tag klarer. Ihre Mutter kann stolz auf ihre beiden Söhne sein.

Wir setzen uns und beginnen zu essen, man spürt allerdings sehr schnell, dass das noch nicht alles ist, wir kennen die beiden ja nun gut genug. Vor dem Dessert schieben sie uns beide zwei schwarze kleine Kartons hin, die wir zusammen aufmachen sollen.

Alea und ich öffnen die Kartons, jede hat einen silbernen Schlüssel und ein Bild von einem Grundstück in dem Karton. »Was habt ihr vor?« Nash nimmt meine Hand in seine. »Ihr kennt doch das Grundstück hinter der großen Wildblumenwiese?« Natürlich, es ist ein wunderschönes Stück Land, es liegt ungefähr zwanzig Minuten vom Anwesen der Rebellen entfernt. »Wir haben es gerade gekauft. Sobald es wärmer wird, beginnen die Arbeiten dort. Wir machen daraus ein Grundstück mit zwei Häusern, eines für Natale und Alea, eines für uns. So sind wir noch nah genug an dem Anwesen und der Zentrale, doch wir können auch ein richtiges Leben beginnen, euch die Möglichkeit geben, ohne all das zu leben. Unsere Kinder auf dem Land großzuziehen, auch wenn ihre Väter als Anführer der Sondereinheit arbeiten, leben sie ein anderes Leben. Wir dachten, so werden wir alle ...« Ich falle

Nash um den Hals und auch Alea umarmt Natale und setzt sich auf seinen Schoß.

»Das ist … das wird … ich freue mich. Ich wusste nicht, dass ihr jemals vorhabt, vom Anwesen wegzuziehen.« Ich gebe Nash einen Kuss und er streicht meine Haare nach hinten. »Hatten wir auch nicht, doch es hat sich einiges verändert. Ihr habt unser Leben geändert. Es ist an der Zeit, beides zu verbinden. Unsere Arbeit, aber auch die Männer, die wir ohne all den Wahnsinn sind, und so wird es uns gelingen. Als wir klein waren, haben wir öfter gesagt, dass wir mal zusammen mit unseren Frauen leben werden, keiner hat geahnt, dass es so schnell und unerwartet passiert, doch wir haben nicht gezögert. Wir hoffen, ihr seid auch bereit dazu.«

Alea und ich strahlen uns an. Allein der Gedanke, dass wir bald so leben, lässt mein Herz freudig in meiner Brust schlagen. »Wir sind bereit.« Alea antwortet für uns und Natale greift nach den Gläsern.

»Also, lasst uns anstoßen.«

Wir alle heben unsere Gläser.

»Frohe Weihnachten und auf das Leben, was uns erwartet.«

266

Sechs Monate später

Ich nehme Aleas Hand in meine.

Sie ist aufgeregt und zittert ein wenig. So habe ich sie noch nie gesehen. Die letzten Wochen waren hart. Ihr Vater ist gestorben, sein Herz hat es nicht mehr geschafft. Alea war eine Weile bei ihrer Mutter, die dann zu ihrer Schwester in die Schweiz gezogen ist, um nun bei ihr zu leben.

Seit zwei Tagen sind beide zu Besuch hier. Aleas Mutter hat sich nicht vorstellen können, jemals wieder hierherzukommen, doch sie scheint sich ziemlich wohl zu fühlen.

Auch ich atme aufgeregt ein.

Die letzten Monate sind an uns vorbeigerast, mein Studium, unsere Häuser und das Grundstück, was alles bald fertiggestellt sein wird. Es gab viele Überraschungen, geplante und ungeplante und nun stehe ich hier, sehe auf Alea und kann noch immer nicht realisieren, was gleich passieren wird.

Für einen Moment muss ich an den Tag denken, als wir entführt wurden, als ich Nash das erste Mal in die Augen gesehen habe, unseren ersten Kuss und was zwischen dem hier und jetzt alles passiert ist.

Es ist unglaublich, ich wusste manchmal nicht, ob ich dieses Gefühlschaos überleben werde, wie ich jemals mit all dem, was passiert ist, weiterleben kann, und doch würde ich all das genauso wieder tun, wenn das bedeutet, dass wir wie jetzt auf den wunderschön geschmückten Garten hinaussehen und auf die beiden Männer, die unter einem Blumenpavillon auf uns warten.

»Bist du bereit?« Ich sehe zu Alea in ihrem atemberaubenden Hochzeitskleid. Sie war für mich schon immer die schönste Frau, doch heute in diesem Kleid ist sie zum Niederknien schön. Tränen steigen in ihre Augen. »Ich denke schon, ich … kann es nicht glauben, Elisa, dass wir nach allem, was passiert ist, jetzt hier stehen.«

Sie sieht an mir herunter, auf meinen Verlobungsring und meinen kleinen Babybauch, der sich unter meinem rosafarbenen Brautjungfernkleid zeigt.

»Das tun wir aber. Wir haben es geschafft. Wir beide. Natale und du und Nash und ich. So sehr uns auf dem Weg manchmal der Atem gefehlt hat und wir dachten, wir schaffen es nicht, stehen wir jetzt hier und es fühlt sich alles richtig an, oder?«

Alea sieht mir in die Augen und beginnt zu strahlen, auch wenn noch immer Tränen in ihren Augen schimmern. »Das tut es, mehr als das.« Sie hebt ihren Hochzeitsstrauß hoch und sieht zu Natale hinaus, nur ein paar weiße Gardinen trennen unsere komplette Sicht zu ihm.

»Dann los, du wirst jetzt Frau Messina, bist du bereit?« Alea drückt meine Hand und in dem Moment beginnt die Musik zu spielen. »Das bin ich und du wirst mir bald folgen.« Ich streiche glücklich über meinen Babybauch und sehe zu Nash. Ich habe nicht geahnt oder mir erlaubt, davon zu träumen, dass ich jemals so glücklich werden kann, umso sicherer sehe ich hinaus und gehe neben Alea in den Garten zu all den Menschen, die wir über alles lieben. In das neue Leben, was sich um uns herum gebildet hat. Alle Zweifel und Ängste sind aus mir gewichen und außer für Dankbarkeit und Liebe ist kaum mehr Platz in meinem Herzen.

»Das werde ich!«

Entdecken Sie die atemberaubende Welt von Jaliah J. ...

WILLKOMMEN IN DER FANTASTISCHEN WELT VON JALIAH J.

ENTDECKE VIELE WEITER BÜCHER,
TOLLE MERCHANDISE PRODUKTE
UND VIEL MEHR...

 @JALIAHJ    @JALIAHJOFFICIAL

 @JALIAHJ_OFFICIAL    JALIAHJ.DE/SHOP